Ada et Graff

Du même auteur
chez le même éditeur

La Cuillère, 2020
(et « Piccolo » n° 170)

Dany Héricourt

Ada et Graff

Liana Levi

Photographie, p. 284 :
© Audrey Avoledo, avec son aimable autorisation.

ISBN : 979-10-349-0639-0

www.lianalevi.fr

Pour Sara et Sæm, mes boussoles

C'était il y a cinq semaines seulement. L'éternité n'est pas plus longue. Les étourneaux tournoyaient au-dessus du bois, jetant de leurs ailes d'incandescents reflets, et moi, debout près de la rivière, à parler à ma fille absente. Reviens, Becca, je murmurais. Come home.

Finalement, c'est toi qui es venu.

(*Extrait des lettres d'Ada*)

I

Le jour du tremblement

« Dieu n'existe pas. Nous sommes ses prophètes. »

Cormac McCarthy, *La Route*

1

Elle sait qu'elle rêve.

Elle rêve du funambule. Dans un décor blanc, étendue enneigée ou mer de glace, la figure s'éloigne sur un câble dont les points d'attache se perdent dans la blancheur. Le pied de cuir noir en appui, les bras en croix, les mains ouvertes, la course impertinente et orgueilleuse d'un christ joyeux ayant échappé à l'œil de son créateur. Quand ses côtes se soulèvent pour recevoir l'air qui rythme la traversée, la dormeuse, par mimétisme, inspire aussi. *Stay asleep,* elle songe. Ne te réveille pas, Ada.

Le claquement d'une porte de camionnette perturbe son sommeil, puis le hennissement d'un cheval. Elle veut rêver encore, prolonger la traversée et saisir le visage qui toujours s'élude. Elle serre les paupières pour capter l'oscillation infime de son corps au moment où il pivote la tête. Son pied glisse, le bras chavire, le funambule plonge. Ada est réveillée avant qu'il ne s'écrase au sol.

Il fait déjà jour. La lampe de chevet est allumée, la porte de la chambre entrouverte, le drap, repoussé dans la nuit, recouvre partiellement ses jambes. Son buste est tourné vers la fenêtre, le contrejour dissimule la couleur précise de ses cheveux éparpillés sur l'oreiller. Ils semblent clairs. Dans son sommeil, elle n'avait pas d'âge. Dans quelques jours, elle aura soixante-dix ans.

Ada ramène le drap sur sa poitrine et fixe par la fenêtre le rectangle de ciel dur. Les bruits qui l'ont réveillée proviennent de la friche. Un petit cirque s'y est installé voici deux jours ; ils doivent être en train de remballer, le bourg va retrouver sa tranquillité et elle, le silence.

Elle détourne le regard du ciel et attrape le calendrier posé sur la table de nuit. Lundi 19 août 2019. Cette année est consacrée aux dessins d'Alphonse Mucha. À chaque mois, une créature curviligne et son halo coloré. Ada regrette de l'avoir acheté, toutes ces femmes aux longs cheveux flottants l'irritent. Elle aurait dû choisir un thème plus banal. Les chatons. Les couchers de soleil. Snoopy.

Lundi, jour de marché. Le troisième lundi du mois, le jour des Simples. À l'angle de la Grand-rue, la nappe de toile grise, les pots de miel, les sachets de tisane et le pain « fabriqué selon notre recette ancestrale, respectueuse de la nature, de la vie et de Dieu », l'étiquette plus imaginative que la miche elle-même. Becca n'y sera pas, d'autres membres de la secte tiennent le stand. Becca vient rarement au bourg… Ada repousse brusquement le drap. *Get up, enough, get up!*

Elle enfile un maillot de bain et un peignoir bleu, descend deux étages jusqu'à la cuisine où elle presse trois oranges. L'acidité concrète sur sa langue. Le ronronnement des véhicules des forains lui parvient depuis la friche. Son rêve de funambule a dû naître dans le vacarme de leur démontage. La matière des songes puise dans le réel. C'était agréable de retrouver sa silhouette, elle n'avait pas rêvé de lui depuis des années.

La terre du jardin renvoie une odeur brûlée. Rosiers, clématite, jasmin, roses trémières, rhododendrons, iris et herbes folles, Ada arrose les buissons assoiffés. Elle passe le portillon qu'elle referme diligemment derrière elle bien qu'aucune bête n'occupe la prairie cet été. L'herbe sèche glisse sous ses espadrilles. C'est idiot de les porter, songe-t-elle, en descendant la pente. Tiens, un nuage d'étourneaux. Jour de marché, trois kilos d'oignons, quatre de pêches, laver les pots du grenier, confectionner du chutney pour Lola – pour René aussi ? Il n'a donné aucune nouvelle depuis une quinzaine de jours, elle devrait lui téléphoner… Elle perd momentanément l'équilibre, engueule les espadrilles. Je vais vous jeter. Vieillir, c'est planifier les heures et converser seule. Il lui arrive de se féliciter à voix haute d'avoir franchi la journée.

La rive atteinte, à l'ombre de l'aulne, elle s'adresse à sa fille, Becca. *I hope the day is kind to you, love. I'm here if you need me, come home.* Elle s'autorise à croire que le courant convoiera d'une façon ou d'une autre son message. La rivière traverse aussi le domaine où sa fille s'emmure depuis presque sept ans. Trois heures de marche suffiraient à l'atteindre, une heure de nage en pleine crue. Cependant, Becca ne la recevrait pas. Il faut se contenter des mots à la rivière.

Le peignoir et les espadrilles nichés entre les racines de l'aulne, Ada s'assoit sur la berge pour négocier son entrée dans l'eau, l'étape la plus délicate. La rivière a encore baissé, cinq centimètres en quinze jours selon sa graduation récente, mais elle sait par où naviguer pour éviter la vase et les pierres. L'eau est délicieuse, son goût légèrement métallique contre sa bouche et la fraîcheur, immédiate sous sa peau.

Autrefois, ils allaient pique-niquer au bord du lac du haut plateau, un plan d'eau artificiel aménagé dans les années soixante-dix. Guy faisait la sieste dans l'herbe, Becca construisait ses barrages miniatures et Ada traversait le lac à la nage, quatre-vingt-dix minutes aller et retour. L'eau argileuse lissait sa peau et clarifiait ses pensées, néanmoins l'horizon lui manquait; l'eau fluctuante et remuante aussi. La vue était barrée par les bois.

Quand elle était enfant, l'horizon était un triangle de ciel contre lequel se découpaient des collines sombres et des terrils gigantesques. Elle se faisait une fête de cavaler au bord de l'affluent gris qui donnait son nom à la ville où elle était née. Ashriver. En anglais, *ash* signifie cendre. S'échapper de l'école surchauffée pour faire la course avec l'eau et y déposer des barques en papier la remplissait de joie. Courir, s'échapper suffisait à son sentiment d'être.

À l'âge de dix-sept ans, la joie était morte et Ada s'était exilée sur Anglesey, une île au large du Pays de Galles. L'horizon s'y offrait, il était devenu son unique point d'intérêt. « Point d'intérêt », comme on dit point de fuite, car il n'y avait plus de centre. Sur la plage de galets, en s'obligeant à fixer le large, l'adolescente s'éloignait du bord à toute vitesse jusqu'à devoir battre des jambes pour garder la tête hors de l'eau. C'est ainsi qu'elle était devenue une nageuse chevronnée et qu'elle avait repris goût à la vie.

Ce besoin d'eau vive l'a reprise il y a sept ans. Affligée par un ciel creux et une tristesse indélogeable, Ada s'était pour la première fois glissée entre les fils de fer qui marquent la séparation entre son jardin et le pâturage s'étendant jusqu'à la rivière. Elle avait besoin d'eau mouvante. Les vaches avaient ignoré sa traversée somnambulesque. La rivière était animée et claire. Se laissant emporter par le courant, elle avait senti l'horizon s'étirer à nouveau. Les cours d'eau dessinent leur propre passage, conférant leur forme à la terre et non l'inverse.

Le lendemain de ce baptême impulsif, elle avait demandé au fermier l'autorisation de traverser le pré, qu'il louait en vérité à Guy Deletang, le mari d'Ada. Le fermier avait accepté, à condition qu'elle fît un détour en période de vêlage, car la maternité rend les vaches susceptibles. Quelques semaines plus tard, il avait installé un portillon afin qu'elle puisse aller à la rivière sans la complication des fils de fer.

Elle nage lentement à contre-courant, ses vieilles jambes aguerries, ses mains rampant par moment contre le fond. Des taches colorées d'hélophytes et de graminées à la périphérie de sa vision, sous les branches nouées et écorchées des aulnes qui freinent le courant et soutiennent les berges. Après les trois saules, le lit s'approfondit, le courant accélère, c'est la section qu'Ada préfère même si certains jours sa brasse flanche et qu'elle doit abandonner, laissant l'eau l'entraîner en arrière. *The undertow*, pense-t-elle. Ce qui tire par en dessous.

Ce matin, son corps accepte le combat et elle plonge, poussant contre le flux, les pensées submergées elles aussi. Elle n'a plus d'âge sous l'eau, plus de gravité. La dévastation aussi se dérobe. Sans l'eau, se dit-elle, j'aurais perdu pied.

Le jour qui vient sera égal aux autres. Elle en est persuadée.

Pourtant, le changement s'ébranle, la cause traquant sa conséquence, la rupture tracassant l'ordre. Même la rumeur capte ce bouleversement subtil. Ada n'en peut rien saisir. C'est a posteriori qu'elle pourra dire : ce fut en ce jour, le 19 août 2019, que d'autres mots germèrent sous mon crâne et que ma vie se remit en mouvement, soudain plus légère.

2

La camionnette soulève la poussière du terrain et file en direction de la route. Des enfants accourent, s'entassent dans un break, claquent les portes.

Assis sur les marches de sa caravane, Graff écrase son mégot et gueule qu'ils ont oublié un chien. Une fillette attrape le caniche nain, le lance dans la voiture, s'y engouffre à son tour. Tandis que deux camping-cars s'éloignent, le gréeur surnommé le Rouge ralentit son camion et crie *¡adíos!* sans baisser la musique qu'il écoute en boucle, une compilation électro qui expliquerait ses cheveux jaunes hirsutes et sa gueule d'aliéné. Graff n'offre rien qu'un mouvement du menton, un mouvement qui dit l'état des choses. Si le gréeur avait fait son boulot au lieu de courir les minettes dans la nuit, Graff ne serait pas monté à l'échelle pour démonter le chapiteau et, s'il n'était pas monté à l'échelle, il n'aurait pas chuté, et sa caravane, une beauté blanche et bleue datant des années quatre-vingt, huit mètres de long, bien équipée, serait en train de suivre la colonne des véhicules. Le Rouge répète son *¡adíos!* saugrenu en accélérant. Par la toile déchirée du camion, un lama renifle l'odeur du diesel et regarde la friche disparaître.

Graff relève son pantalon jusqu'au genou gauche et fouille de son index l'interstice entre le plâtre et la peau en maudissant l'interne qui a jugé utile de l'encombrer d'un fardeau pareil. Un second plâtre lui confine le bras droit du coude au poignet. Sa main libre empoigne une béquille sur laquelle il compte bientôt s'appuyer pour déplacer le cheval à l'ombre. Le soleil est déjà cru.

Fermant le cortège des véhicules, une Mercedes encrassée freine à son niveau. Cindy, blonde aux yeux noirs, écuyère et dresseuse de colombes, lui demande s'il n'a pas changé d'avis.

– *Nu te răzgândesti ?* Elle vivait autrefois à Bucarest.

Ils ont déjà parlé de tout ça. Graff admire son décolleté généreux et secoue la tête. Cindy rit, dit que seuls les cons ne changent pas d'avis.

– On t'a tiré du jus depuis le boîtier de la supérette, ajoute-t-elle, le câble se voit pas, mais si jamais tu restes, faudrait en causer avec le gérant.

Par la vitre arrière, une jeunesse se penche, deux petits dans les bras. Elle récitera des prières pour la jument blessée.

Graff agite trois fois la main pour hâter leur départ, et la Mercedes coule jusqu'à la sortie du terrain, tourne à gauche et monte en régime sur le bitume en klaxonnant.

Un drôle de vide s'abat sur la friche.

Enfant, accroupi sur la plateforme de la roulotte, il regardait les campements abandonnés se réduire au fur et à mesure que la route s'ouvrait devant eux. À cinq ans, il courait avec les chiens le long du convoi ou dirigeait les chevaux en tête. Même quand les communistes s'en prirent à eux, retirèrent les roues des roulottes et brûlèrent leurs toiles, l'enfant refusa de croire que le voyage était terminé. À seize ans, il conduisait la calèche d'un orchestre ambulant. Il ne se retourna qu'une fois pour figer dans sa mémoire le paysage bétonné où sa *kumpània* avait signé son propre décret de mort. Jamais il n'est resté seul à voir le monde disparaître comme aujourd'hui.

La jument blessée secoue sa crinière et pousse des hennissements aigus, la bouche grande ouverte, les yeux livides. Elle aussi voudrait suivre la colonne, faire la tournée du Sud où le chapiteau s'assemble et se désassemble tous les trois jours, où l'odeur de la mer excite les naseaux et où l'hiver arrive par surprise tant la route se consume vite. Elle piaffe sur ce terrain devenu vague, et puis sa jambe lui fait mal. Nul flanc n'est contre le sien. La femme qui la chevauchait hier encore a disparu comme les enfants qui se coursaient autour du chapiteau, comme les chiens qui bâillaient à l'ombre des mini-vans. Quand sa jambe faiblit, elle change de position.

Graff allume une troisième cigarette et avise l'enfilade de toits en lauze d'un œil critique. Une annulation de dernière minute à Voiron, et Cindy qui décide de programmer deux nuits ici, en moyenne montagne, un bon coup prétendument. Elle était déjà venue dans le temps, la mairie était sympathique, l'air frais libérait les esprits et rendait les habitants amicaux. Pourtant, ils n'étaient pas nombreux au spectacle hier. Une poignée de gamins excédés par la chaleur sous le chapiteau.

Un merle pousse trois cris et s'élance vers l'azur. Graff aspire la fumée jusqu'à sentir la brûlure au fond de ses poumons. Ce serait un bon jour pour mourir. Échoué ici, au milieu de cette friche. Dynamité par l'âge, l'orgueil et sa chute.

D'un côté, une haie que prolongent la clôture d'un pré et son portail rouillé. Derrière la caravane, un brouillon d'herbes agonisantes contre le mur aveugle d'une supérette. Deux murets éboulés séparent la friche de la ruelle qui mène au centre du bourg. « La Roque ». À défaut de poésie, un nom net, ça ne cherche pas à être autre chose. En haut de la ruelle, un marché se prépare. Il va y avoir du boucan. Quelle plaie.

Le vieil homme soulage ses yeux en étudiant le bout de la friche, un bois, principalement des conifères et des hêtres. Lui revient l'image de mousses au sol, d'une forêt où le soleil n'entrait plus. Les pieds nus de sa grand-mère s'enfonçaient dans le tapis vert, ses chevilles cerclées d'or, ses nattes grises ballottant au-dessus de ses hanches. Elle lui désigne des lambeaux de tissu suspendus aux branches comme déposés là par le vent : *Na ame sam anglune ko khate resas !* lancé d'une voix enjouée. On n'est pas les premiers.

Graff glisse à nouveau son doigt sous le plâtre, renonce à satisfaire la démangeaison et coince une cigarette entre ses lèvres irritées.

Derrière lui, la caravane harnachée au vide paraît plus orpheline qu'un cabanon abandonné par tous les enfants de la Terre.

3

L'enfant au regard clair se faufile entre les sept lits, discret sur ses pieds nus, heureux car il se sait le premier levé ce matin. Il vérifie les dormeuses. Claudia, échouée sur le ventre. Anne, princesse impeccable, au visage aussi lisse endormie qu'éveillée. Lydie suce son pouce. Marie-Claude, bouche ouverte, poings serrés. Denise, la tête cachée sous l'oreiller. Gabrielle, recroquevillée et suante. Le septième lit, celui de Rébecca, est vide. Déçu, le garçon s'éloigne.

Les fenêtres le long du couloir éclairent son passage jusqu'à l'escalier. Il descend les marches une par une, attentif aux grincements du bois et au silence épais de Malerne. Les pierres du rez-de-chaussée avalent ses pas jusqu'à la haute porte en chêne, la chambre du maître. La poignée en laiton grince, c'est risqué. Le garçon veut voir sa mère. Il pose la main sur la poignée, seulement pour sentir, il n'appuiera pas. Son oreille contre le bois, il bloque sa respiration et fouille l'espace derrière la porte. Il n'y discerne aucune présence. Où es-tu ?

Dans la cuisine, il pose un pied sur le banc et inspecte brièvement les marques violacées autour de sa cheville avant d'attraper une miche de pain qu'il déchire de ses dents en ouvrant la porte vers l'extérieur. Les chiens ont passé la nuit dehors. Les mâles restent affalés contre le mur de la remise, les femelles accourent, Sonja en tête, fine et enthousiaste, la cheftaine et pourtant la plus petite. Dom tire du réconfort de cela. L'on peut être petit et alpha.

Kaï est grand et alpha, c'est pour ça qu'on l'appelle le maître. Tous les Simples possèdent au moins deux prénoms. Le prénom d'avant la Révélation et celui que le maître leur a attribué. Autrefois, Rébecca se prénommait Becca, Jean-Jean était Manou, Gabrielle était Nour. Dom, lui, est né Dominique, en hommage au Marteau des hérétiques. Tant qu'il est petit, Kaï/le maître lui accorde le droit d'être Dom. Il aura bientôt sept ans, il ne sait pas à quel âge il deviendra Dominique, parfois ça l'inquiète. Parfois il explore les images de saint Dominique et prie pour ne jamais lui ressembler.

L'absence de sa mère le surprend. Quand Rébecca n'est pas dans la cuisine, elle est au potager, quand elle n'est pas dans la salle de prière, elle fabrique du pain dans la remise. Elle est la meilleure boulangère de la communauté, tous les Simples s'accordent à le dire.

Le potager est vide, la remise aussi. Suivi de son cortège canin, l'enfant fait le tour du domaine, ses pas légers sur le gravier et l'herbe assoiffée. Le fauteuil du maître est resté dehors, sous l'immense châtaignier. Les chaises de jardin ont été désordonnées ; ils ont oublié de rentrer les enceintes, on dirait deux têtes coupées sur le rebord de la fenêtre. Les chiennes inspectent les restes de la veillée, cadavres de bouteilles et casseroles vides, un talon de camembert, une caisse retournée, des assiettes oubliées çà et là. Babines retroussées, Sonja s'octroie un os décharné. Malgré l'interdit, un Simple a mangé de la viande hier soir. Ce doit être Marie-Claude, Dom l'a déjà surprise à ingurgiter du pâté dans l'arrière-cuisine. « Ce que tu ne répètes pas ne revient pas te mordre », lui a-t-elle chuchoté, l'œil rieur malgré la menace.

Le vieux canapé apparaît contre la lumière obsidienne du bois. Deux corps inertes. Ils l'auront déplacé après la fête, pour dormir à la fraîche.

Les chiennes restent en arrière, elles craignent le maître, même endormi.

Rébecca est couchée sur le flanc, sa cheville tatouée de violettes posée sur l'accoudoir. Ses dreadlocks éparpillées sur le torse de l'homme ressemblent aux tentacules d'une pieuvre cherchant à s'échapper.

Un souffle d'air chaud dérange la frondaison et se mélange à la respiration des dormeurs.

Dom lorgne la forêt et la clôture que les Simples disent électrifiée, il sait que ce n'est pas le cas. Il s'insinue entre les fils et libère sa course dès la noirceur des conifères atteinte. Les chiennes le suivent.

4

Se garer est, paraît-il, un calvaire. Cet été, pour mieux accueillir les touristes, la mairie a installé le marché au centre du bourg sur une place arborée. Les chalands se pressent à l'ombre des étals et chargent leurs paniers de charcuteries, de fromages de brebis, de kombucha ou d'ail des ours. Coude à coude avec les maraîchers, des potiers et des apiculteurs, un aiguiseur de couteaux et le gars malgache dont les attrape-rêves séduisent les adolescentes.

Les habitants de La Roque bavardent sous les arbres près de l'église. Ils se plaignent du monde et s'en félicitent. Sans les touristes, on serait plus tranquilles. Sans le tourisme, la région serait à genoux.

Ada songe qu'à l'automne, le marché retrouvera sa place à l'autre bout du bourg, il lui faudra remonter toute la rue principale même les jours de neige. Pour l'instant, elle devrait se réjouir, il lui suffit d'ouvrir sa grille en fer forgé et d'aller au bout de la ruelle. Ada se dit souvent qu'elle devrait se réjouir. Elle ne se réjouit pas pour autant.

À chaque pas de son pied gauche, elle sent les gravillons qu'elle a ramassés dans la cour et poussés au fond de sa chaussure, rituel aussi tenace que sa baignade matinale. La rivière la console brièvement, les cailloux authentifient sa culpabilité. Ils entretiennent sa négociation avec la vie. Ces tractations personnelles vont, elle l'espère, ramener sa fille à la raison.

C'est une vieille dame gracieuse et polie, on dit, une vraie Anglaise. On dit qu'elle habite La Roque depuis une bonne quarantaine d'années, c'était la femme du médecin, elle a travaillé à la librairie. On dit que malgré sa folle de fille et la mort du docteur, elle reste digne. On dit aussi qu'il n'y a pas de fumée sans feu, l'orgueil précède la chute, telle vie telle fin. On la voit hésiter au centre du marché, on dit qu'elle va s'étourdir à se promener tête nue comme ça. On remarque un tangage dans ses pieds, une boiterie, un déclin. Elle est *ébouillée* malgré ses yeux clairs. On la dit brave, intello, distante, timide. On dit : qu'elle se lave dans la rivière, ça la regarde, mais elle va finir par *s'annarser*, paraît qu'elle traverse le pré toute déguenillée, en peignoir, *beauseignes* ! Et pourquoi elle ne donne pas des cours d'anglais gratuitement, ça l'occuperait ? Elle s'prend pas pour *quiquandont*. Elle est toute corsetée, elle devrait péter un coup, ça la démange. Elle vote à gauche, elle vote à droite, elle vote plus. Elle l'a *cuchée* sur le tard, sa fille, devait y avoir un problème, on voit ce que ça donne, c'est triste quand même… Dès qu'Ada s'éloigne, la ritournelle des on-dit s'évapore.

Dans la Grand-rue, un stand de vêtements empiète sur l'emplacement où les Simples posent habituellement leur table. Ada fait le tour du marché avant d'admettre qu'ils ne sont pas venus. Il y a des mois où ils disparaissent.

Elle se range derrière la dizaine de personnes qui attendent leur tour chez le primeur, elle a connu le père et le fils, le petit-fils impose désormais une production bio ; il a épousé un homme, les temps changent, le grand-père l'aurait déshérité, s'amuse Ada.

Une femme élégante, panama rose et chemisier floral, lui fait part de sa difficulté à supporter la chaleur. Ada se fend d'un sourire. Un crucifix brille entre les plis du chemisier. Cette tendance humaine à vouloir s'expliquer le monde par la figure d'un patriarche barbu ou d'un ascète couronné d'épines la dépasse. Pourquoi se cramponner au Mystère quand on sait qu'il y a des milliards de planètes, que les vaches communiquent leurs émotions en diffusant une gamme complexe de parfums, qu'un type de passereau – le jardinier satiné – décore son berceau de dizaines d'objets bleus pour séduire les femelles ?

Même avant l'endoctrinement de sa fille par un prédateur sectaire, Ada se méfiait des discours religieux. À Ashriver, la religion était un hymne matinal dans la cour glacée de l'école, la vapeur s'échappait de leurs bouches, la directrice se tenait droite comme un piquet. C'était une prière récitée le soir avant de défaire le lit, *Our Father who art in heaven...* et prends soin de mes frères et sœur, et de mes parents, et des patrons de la mine, ne jamais oublier les patrons de la mine ! À la messe catholique, pendant que sa mère d'origine irlandaise avalait les condamnations du curé et ses promesses d'éternité en enfer, Ada se concentrait sur la sonorité de certains mots – *iota, déprécation, nycticorax* –, et sur les bruits involontaires des fidèles. La respiration sifflante de Steffan Rhys, les craquements des genoux de Mrs Galloway, le balayement répétitif des doigts de son père sur son pantalon du dimanche. Quand elle croisait le regard de Jude, son grand frère, il louchait de manière hilarante, il appréciait la messe autant qu'elle. Des années plus tard, quand elle était partie vivre à Anglesey chez sa tante, veuve amatrice de piano et de romans historiques qui lui offrit *Les Derniers Jours de Pompéi* en cadeau de bienvenue, Ada s'était empressée de retirer la madone sous verre accrochée au-dessus de son lit. Le monde était suffisamment *vésuvien* sans qu'il faille solliciter Dieu, susciter l'étincelle ou provoquer la première détonation éruptive. Ce n'était pas la religion qui avait tué son frère, mais sa mère était morte parce que le dieu auquel elle croyait n'avait pas épargné son fils.

« Panama rose » sort un magazine de son sac et s'évente le crucifix. Ada regrette son propre chapeau. Sortir par cette chaleur sans couvre-chef, les gens diront que l'Anglaise devient sénile. *Only Englishman and dogs go out in the midday sun…* Il n'est pas midi. Elle n'est pas anglaise. L'attente se réduit, bientôt ce sera son tour. Oignons, pêches, navets. Tout un programme, songe-t-elle avec ironie.

Sur la terrasse de La Locura, Lola Alcantera sert des limonades et des tapas vêtue d'un short en jean et d'un débardeur. Ses petits mollets dorés, ses dents tordues, sa quarantaine rieuse et sensuelle. Ada remarque la fascination des clients pour elle. Peu d'hommes résistent à un rire à gorge déployée.

Guy Deletang n'a pas épousé Ada pour son rire. À moins qu'il n'ait espéré le faire naître. Regardez ses yeux, disait-il, au Pays de Galles, c'est ce bleu qui m'a attiré ! Il disait aussi que le rire s'éteint avec les années alors que le bleu s'intensifie. Pourtant, Ada aimait rire et, contre les tempêtes, c'est l'éclat de ses yeux qu'elle a cherché à préserver, non leur couleur.

Lola lui fait signe. La vieille femme se fraie un chemin entre les étals, droite malgré son panier chargé d'oignons et d'abricots, les pêches ne l'inspiraient pas. Son amie l'embrasse, un baiser doux sur chaque joue, et lui tend un verre d'eau qu'Ada boit debout, dos à la terrasse bondée.

– Tu devrais prendre un chariot, ce serait moins lourd. Tu veux une glace ? Je t'installe une table à l'intérieur.

Dans sa bouche, « tu » résonne comme « tout », ça aussi, c'est irrésistible.

– J'ai fait un sorbet aux orties, c'est divin.

La Catalane s'enorgueillit de ramasser des herbes et des graines sauvages pour ses plats ; elle se dit un peu sorcière.

– Tu ne t'es pas fait piquer ?

– *Las quemaduras de la ortega no duelen como las de la vida,* réplique Lola en riant. Les brûlures d'orties ne sont rien à côté de celles de la vie.

Elle a débarqué à La Roque il y a deux ans, truffe au sol comme un épagneul lancé sur la piste du bonheur : un garagiste local l'a aidée à négocier le rachat du bar à l'abandon et à le meubler de tables dépareillées, de chaises en plastique tressé fabriquées au Sénégal. Il lui a même trouvé un nom – *La Locura* – avant de paniquer et d'épouser une fille de Saint-Agrève. La rumeur maintient que Lola couche encore avec lui et qu'elle est la bienvenue au bourg, mais le café va faire faillite, on pourra changer le nom, faire fléchir les prix, ce café porte malheur à chaque gérant depuis la guerre. Lola s'en moque, elle dit que la rumeur, c'est que de la fumée.

– *Amore,* faut mettre un chapeau !

Elle attire la vieille femme sous le store taché par les fientes de pigeon en forme de virgules. Melisa Alcantera sort du bar, bustier rose et jupe plus courte que le short de sa mère. Ada la salue, mais l'adolescente s'éloigne, boudeuse, à travers la foule.

– Elle a le cœur brisé par un gars du cirque. Le cirque est parti et le gars lui a pas dit au revoir. *El drama.*

– C'est de son âge.

– Elle me fait chier.

– Ça aussi, c'est de son âge.

Lola soupire. Ignore le client aux allures de baroudeur qui agite la main.

– Il paraît qu'un des forains est resté, un vieux gitan, t'es au courant ? Il est tombé d'une échelle, les pompiers sont venus en pleine nuit, t'as dû entendre le boucan…

Les yeux d'Ada retournent à la place. Si Becca marchait quelque part dans cette foule, le sentirait-elle ?

– Hé, Ada, t'es avec moi ?

– Oui. Il est où, ce monsieur ?

– Sur ton terrain, c'est ce que je te dis. Avec un cheval.

– Quel cheval ?

Lola lui rétorque qu'elle n'a qu'à aller voir. Et de faire attention, ces types-là répondent toujours à côté, fais-moi confiance, j'ai du sang *gitano* aussi.

Ada lève un sourcil amusé.

– Toi, t'es d'origine gitane ?

– Figure-toi que oui. Du côté de ma mère.

Lola emprunte une posture altière, menton levé, bras en l'air, avant de s'élancer vers le client baroudeur, *Non, yeu ne vous oublie pas ! No te olvido…* chantonné, et son petit short qui danse.

Ada s'éloigne du café à travers les stands, traverse une dernière fois la place avec son panier plein, saluant un cousin par alliance, souriant à d'anciens clients de la librairie, soulagée que personne ne l'arrête pour bavarder. La chaleur impose une distance sociale salvatrice.

En passant devant la friche, elle remarque la caravane solitaire et le cheval dont la longe s'étire tristement jusqu'au mur. Le cheval lui fait de la peine, son propriétaire, le prétendu gitan, n'est nulle part, sinon elle irait lui dire d'emmener la pauvre bête au pré.

Subitement éreintée, la vieille femme s'assoit sur le banc dans la cour devant la maison et ferme les yeux. Le *uit uit uit* monotone d'un pouillot véloce et les sifflements d'un gobe-mouche dans les buissons. Une vision de Becca surgit, un été lointain, son regard grave de petite fille posé sur une branche d'ortie. « Quand j'étais petite, je les cueillais en apnée », lui avait déclaré Ada. Elle évoquait si rarement son passé. Becca s'était tournée vers elle avec fascination, comme si sa mère allait lui livrer le secret de ses origines.

C'était un *tinker*, un vendeur de casseroles, qui lui avait dit de retenir son souffle pour cueillir les orties. Méfiante, Ada avait testé la chose en frôlant quelques branches vénéneuses parmi les mauvaises herbes du *backyard*, leur courette boueuse et sombre où sa mère tentait année après année de faire pousser des bégonias. Le vendeur de casseroles avait dit vrai : les feuilles ne piquaient pas tant qu'Ada restait en apnée. Sur les berges d'Ashriver, elle attrapait les branches d'orties par poignées pour impressionner son grand frère et, automne comme printemps, elle entraînait ses camarades sur les terrains vagues et les mettait au défi de traverser comme elle les buissons ardents. Soudainement, peu après ses dix ans, les orties lui brûlèrent la main. Le sortilège était rompu.

Ada avait raconté l'histoire à sa fille d'un ton léger, comme on s'amuse d'une croyance enfantine. Cependant, une infime partie d'elle y croyait encore : les orties l'avaient *réellement* épargnée pendant cinq années.

Guy s'était immiscé dans son récit : « C'est la manière dont tu attrapais les feuilles qui les rendait inoffensives, la douleur est corollaire du geste, il suffit de cueillir du bas vers le haut, sans arracher les poils vénéneux. » La voix du médecin. Posée. Informée.

Mais Becca voulait croire. Jambes nues, en apnée, elle avait traversé un buisson d'orties et juré ne rien sentir malgré les boursouflures qui apparaissaient sur sa peau délicate. Ada avait frictionné ses bras et ses jambes de courroie de saint Jean, la petite hurlant Ça fait pas mal !, et Guy muré dans un silence réprobateur.

Le départ de Becca chez les Simples a dérouté tout le monde. Comment pareille chose arrive-t-elle ? Comment expliquer qu'une jeune femme « bien élevée » se coupe ainsi de la société ? Qui était responsable ? Le clan Deletang ? Un amoureux ? Sa mère ? Ada aurait voulu exprimer qu'elle aussi cherchait sans cesse, à chaque heure de la journée et de la nuit. Elle retournait tous les événements de leur vie passée et formulait mille explications, et aucune. Elle voulait bien qu'on l'accusât de tout. Si seulement Becca pouvait cesser de croire en les prophètes.

5

– Tu l'as trouvée dans le potager?

Dom cligne vite des yeux, il ne veut ni mentir, ni avouer la vérité.

Rébecca se marre et lui referme les doigts autour de la pièce de monnaie cuivrée. Elle parle très bas.

– Enterre-la.

Il la dévisage, surpris.

– Comme ça tu pourras faire semblant de la trouver à nouveau.

Il aime l'idée. Rébecca a un mouvement de la tête en direction du réfectoire où seuls le grincement des bancs et le cliquetis des couverts prouvent que les autres sont réveillés.

– On fait silence aujourd'hui, tu te souviens?

Il avait oublié.

D'un coup, elle s'accroupit et effleure les marques autour de sa cheville. *Ça va ?*

Il n'a pas le temps d'acquiescer qu'elle est debout, ajustant son foulard pour masquer les coups du maître sur sa propre peau. Dom lit sur ses lèvres:

– Lave-toi les mains dans la cuisine, on va au marché avec Lydie.

Il court jusqu'au ruisseau. Personne ne le voit, Dom devine ces choses-là, six ans d'attention aux sons, aux postures, aux présences flottantes au bout du couloir, sous les arbres, derrière les fenêtres.

Il gratte la terre près d'un tronc avec son talon, puis creuse à mains nues. La pièce recouverte, il plonge rapidement ses mains dans le cours d'eau. Sa crainte, c'est Sonja. Si elle découvre la terre meuble, cherchera-t-elle à la labourer ? Au potager, malgré les hurlements du maître, la chienne se transforme parfois en sanglier. Il faudrait lui expliquer. Tout à l'heure, il l'amènera à la cachette et lui demandera de laisser le trésor tranquille.

Le soleil l'éblouit quand la camionnette atteint la route. L'entrechoquement des pots dans le coffre, les gémissements des sièges et le couinement du moteur quand Rébecca change de régime. Le maître a demandé le silence, pourtant il y a toujours un bruit quelque part.

Il fait chaud dans la cabine. Les tournesols à perte de vue l'écœurent. Il jette un coup d'œil à sa mère, à Lydie, impassibles malgré le rougeoiement de leurs joues et l'aspect huilé de leur cou. Pourquoi ne baissent-elles pas les vitres ? Dom essaie de visualiser les nuances émeraude et grises de la rivière telles qu'enseignées dans les sermons, il faut laisser les couleurs altérer ses émotions, transformer le rouge de la colère en petites pointes bleues d'amour.

Rébecca pourrait braver l'interdit et faire souffler la fraîcheur dans l'habitacle. Dom lorgne le bouton de l'air conditionné. Elle le lui a montré une fois, ils s'étaient rendus seuls au bourg. Il se souvient, elle a eu peur qu'il « tourne de l'œil » à attendre dans la camionnette. Effrayé, Dom a imaginé son œil tourbillonner et disparaître. Rébecca a ri de ce rire qu'elle n'offre qu'à lui : « C'est une expression,

Dom, parfois les gens s'évanouissent, à cause de la chaleur. Touche pas la clé, je reviens vite. » Elle n'est pas revenue vite, il a plaqué ses mains contre le souffle d'air frais et écouté la gamme de notes qui s'en dégageait selon l'orientation de ses paumes. Sur le chemin du retour, Rébecca lui a raconté l'histoire du chiot retrouvé mort dans une voiture. Les propriétaires l'avaient laissé le temps d'acheter des cigarettes, et le chiot était mort. Dix minutes, tu te rends compte !

– Il y a combien de respirations dans dix minutes ?

– Combien de respirations ? Pas assez, apparemment, pour un chiot.

Lydie frappe brusquement le tableau de bord et secoue la tête d'un air dément. Rébecca ralentit avant de freiner sur le bas-côté. *Qu'est-ce qu'il y a ?* elle dit sans dire, et Lydie dessine de son index un rectangle. Elles ont oublié les prospectus. Les minuscules cloques qui jalonnent ses mains semblent plus rouges que d'habitude. Il y a trois mois, quand la jeune femme a débarqué au domaine, Dom s'est inquiété des rougeurs qui enflamment sa peau. Rébecca lui a dit que Lydie est allergique au soleil.

– C'est quoi allergique ?

– Quand on supporte pas quelque chose.

– T'es allergique à quoi, toi ?

– À rien. À tout.

Rébecca fait demi-tour et les tournesols repassent à toute vitesse. Lydie gémit mollement. Dom lui caresse le poignet en évitant les boutons écarlates, mais elle se rencogne contre la portière, malheureuse.

Rébecca klaxonne deux fois sur le chemin de la forêt, puis freine devant l'immense portail en bois noir. Un sermon de Kaï raconte comment le Saint-Esprit lui commanda de trouver une citadelle ceinte de pierres grises, un lieu « sobre et profond qui abriterait les élus ». Le destin fit que son oncle possédât à Malerne une ancienne magnanerie sur un vaste terrain au bord de la forêt. Il suffisait d'élever des murs et de clore l'entrée. Il suffisait de s'installer et d'attendre, le Saint-Esprit les visiterait.

L'année dernière, Dom a passé une soirée dans une autre communauté, un hameau encerclé de murets et de montagnes, la route s'arrêtait à la dernière maison. Dans un grand chalet froid, le maître lui a dit de distribuer des tranches de gâteau alignées sur une assiette. Marthe s'occupait d'un côté du salon, lui de l'autre, il avait peur de faire tomber l'assiette. La communauté de la montagne est toute jeune, répétait le maître, elle est matière volcanique et archaïque. Appelez-moi Kaï, seul Dieu est votre maître ! Il était joyeux ce soir-là, enlaçant les hommes, félicitant leur épouse, renommant les enfants Laban, Salomon, Ruth… Pour assiéger le Mal, il faut planter une nouvelle graine et déraciner l'arbre malade, concluait son sermon. Dans la nuit, équipés de torches, ils ont tous longé un muret en pierres jusqu'à l'arbre pour y allumer le feu. Les gens chantaient, criaient, priaient. Le bois gémissait, se tordait, s'embrasait, mais comme Rébecca souriait, Dom s'était dit que souffrir n'est pas grave.

Pourquoi le portail ne s'ouvre-t-il pas ? C'est Jean-Jean qui garde le portail. Peut-être qu'il range les chaises déplacées pendant la fête. À moins qu'ils aient découvert sa pièce et qu'ils soient tous assemblés dans la cuisine à la regarder ?

Lydie se gratte bruyamment le cou. Il n'y a pas beaucoup d'air dans la camionnette. Elle va peut-être tourner de l'œil. Rébecca fixe le vide et laisse la fournaise s'abattre sur eux.

Enfin ! L'un des battants noirs s'écarte. C'est Kaï. Il contourne le véhicule de sa démarche élastique et s'approche, côté passager. Dom recule instinctivement contre le siège bien que, généralement, le maître l'ignore (même hier, quand il le corrigeait, ce n'était pas le maître, c'était le Saint-Esprit). Kaï arrache la portière et lance sur Lydie un carton rempli de prospectus. Elle mime un cri muet. Lui, claque la portière et retourne d'un pas tranquille au domaine comme s'il revenait d'une balade méditative. Dom détourne le regard du rétroviseur. Rébecca continue à fixer le vide.

Lydie renifle et se penche pour ramasser les papiers et les empiler dans le carton qu'elle repose sur ses genoux. Dom sauve un prospectus égaré sous le siège et s'en sert pour s'éventer les joues.

Ce n'est qu'une fois sortis du bois et à nouveau face aux tournesols que Rébecca lui adresse un petit sourire. Le sourcil relevé. Comme si elle disait *laisse tomber.* Dom adore quand Rébecca dit ça. Il imagine alors tout ce qui tombe. Les feuilles, la nuit, les pétales, les poils de Sonja qu'il rassemble en boule et enfonce dans le creux des murs pour les loirs et les oiseaux. Parfois, quand sa mère l'interpelle depuis la remise ou le potager, c'est la dernière syllabe de son prénom qui tombe : Do-*om,* Do-*om,* on dirait une chanson, pas un hymne, une chanson.

Elle baisse soudain les vitres et l'air s'engouffre, soulevant leurs cheveux et les prospectus. Dom laisse échapper un rire stoppé instantanément par l'index de Lydie sur ses lèvres. Rébecca n'intervient pas ; elle ne referme pas les vitres non plus.

6

S'aidant du bâton, le gitan gravit péniblement les quatre marches de la caravane. Sous l'évier, il attrape la bouteille de Jack Daniel's qu'il réserve aux moments critiques.

– La civilisation est née avec la distillation, lance-t-il à la jument blessée.

La civilisation est un concept nébuleux et fluctuant, rumine-t-il en boitant en direction du bois. Sa propre définition tendrait du côté de la faculté laissée à chacun de vivre sa vie à sa façon. Ce devrait être ça, la civilisation. Une grande bouffée de liberté. La distillation n'y est probablement pas pour grand-chose. Son père s'enivrait pour rester prisonnier d'idées sombres. La sobriété lui donnait le vertige, la liberté aussi. Graff, lui, apprécie le débordement joyeux. Pas une goutte d'alcool les soirs où il arpentait le fil, mais les nuits de pause et les jours de route, il pouvait faire la fête jusqu'à perdre ses chaussures et oublier son point de départ. De temps à autre, il faut s'enfoncer dans l'inconscience.

L'alcool lui convient moins depuis quelques mois. Les jambes gonflent et les mains suent, la migraine ne le quitte pas le lendemain. C'est pourtant d'ivresse dont il a envie à présent. D'abord pour ce corps inutile emprisonné par le plâtre. Ensuite, pour son cerveau qui tourne en rond. Il ne peut même pas se vanter d'être tombé du fil, il a glissé d'une échelle. Étalé de tout son long. L'échelle entraînée par son poids, le cri des forains, la jument qui panique, fonce entre les véhicules, se prend les sabots dans le cordage, et Graff, au sol, gueulant qu'il faut l'arrêter.

Tout le monde peut glisser, a dit Cindy, t'es pas infaillible, seulement vieux. *Toate lumea se poate duce la vale, nu esti fara cusur, esti doar bătrân.*

Seulement vieux. Vieux seulement. Peu importe l'ordre des mots, ceux-ci prêchent l'inanité de son existence. Il ne sert plus à rien. Même les bêtes savent que pour vivre il faut servir à quelque chose.

Après l'accident, immobilisé sur une caisse à attendre l'ambulance, il a insisté pour qu'on lui amène la jument. Il a palpé son corps depuis les boulets jusqu'aux oreilles, de l'encolure jusqu'à la croupe. Les battements de sang brûlants, le frisson des muscles, Graff ne savait plus si c'étaient ses propres membres qu'il auscultait ou ceux du cheval. Sargo a sorti un pistolet du camion.

– Elle s'en remettra pas et ça va nous coûter un bras.

– On n'en est pas là, range ta merde.

Graff aurait dû voler l'arme. La retourner contre sa propre mâchoire une fois la troupe partie. Il se demande s'il est sérieux. Il prend une seconde rasade de whisky et enfonce la bouteille dans la poche de sa veste pour maîtriser la béquille. Sa jambe emplâtrée est plus lourde qu'un excédent de bagage.

Des touffes d'herbes sèches entravent sa progression. Après dix-huit pas il s'arrête pour souffler, ajuste son *diklo,* ce bout de tissu rouge autour de son cou qui le distingue et le définit. Rom, gitan, *tigan,* Graff se fout de l'appellation, il ne fait pas dans la politique, il est né Lovara, dresseur de chevaux, il mourra anonyme.

Il estime à une centaine de pas la distance avant d'atteindre les sapins. Il videra la bouteille le dos calé contre un tronc, noyé dans l'odeur de sève. Pourvu qu'il en crève.

Il aurait dû claquer au pied de l'échelle. Depuis des semaines, la mort brode des roses autour de sa tête. Il est temps de lui ouvrir les bras. Mourir n'est pas méchant, c'est la vie qui bouffe la perfection, chantait sa grand-mère. Il aurait dû emporter deux bouteilles de whisky.

La jument est un souci.

C'était une bête endurante. Elle n'était pas la plus jolie, mais loyale, attachante. Pourquoi conjugue-t-il au passé ? Graff veut bien abdiquer, néanmoins abandonner une bête souffrante, de surcroît blessée par sa propre connerie, serait indigne.

Cindy lui a pris la tête ce matin *: Nu uiti sa-l suni iar pe veterinar, OK ?* Non, il ne ferait pas revenir le vétérinaire, un idiot ne jurant que par les anti-inflammatoires et les tranquillisants. Son diagnostic échappe au bon sens. Légère entorse du membre antérieur gauche. Si la jument savait parler, ce déboussolé lui aurait demandé d'estimer sa douleur sur une échelle d'un à dix. Légère par rapport à quoi ? Une fracture ? Une crampe ?

Déjà ce serait bien de réduire l'inflammation. L'idéal serait dix sangsues. Graff doute qu'il y en ait beaucoup dans le coin.

Retourner auprès d'elle lui prend treize minutes. Boiter n'est pas marcher.

– De quoi on a l'air, hein ?

La jument balaie de sa longue queue grise l'air brûlant. L'hématome dessine une tache sombre du paturon au genou. Le grand-père aurait pratiqué une saignée. Graff se souvient du giclement du liquide noir, le bol circulant parmi les enfants afin qu'ils le goûtent, le reniflent, le lisent. Il a un bistouri dans la caravane qui pourrait faire office de trocart, mais le plâtre entame la précision de sa main gauche et la droite va trembler, elle tremblait déjà avant sa chute. Il lui faut trouver mieux. Il ne va pas se contenter de lui réciter des prières.

Il caresse le museau de l'animal, haleine de whisky tout contre ses narines.

– Tu veux fumer un joint ?

La jument hume son épaule avant de plonger son regard dans le nulle part.

Graff clopine jusqu'à la caravane, prend les marches une par une et range la bouteille de whisky sous l'évier.

L'ivresse et la mort vont devoir attendre.

7

Un jour, Ada s'était demandé s'il ne fallait pas qu'elle arrête tout. C'était la veille de son mariage. Elle avait trente ans et l'attachement ne lui venait pas spontanément.

Tout ne s'était pas arrêté. En fait, rien ne s'était arrêté. Après une courte cérémonie au *townhall* d'Anglesey, ils avaient traversé le détroit de Menai en taxi pour rejoindre l'aéroport de Liverpool. Au décollage, sa main posée sur le hublot, elle songea qu'elle ne quittait rien d'important, mis à part le nom de Williams, auquel elle ne tenait pas, et sa chienne Taffy qui aimait trop l'océan pour vivre ailleurs.

Guy Deletang avait cinq ans de moins qu'elle. Après des études d'ingénieur à Valence, il avait bifurqué vers la médecine et souhaitait accomplir des missions à l'étranger au sein de la Caisse centrale. Hanoi, Accra, Brazzaville, il avait dressé une liste de villes pour Ada. « Tant que l'océan n'est pas loin ! » avait-elle ri. D'abord, ils iraient dans le Massif Central, un séjour de trois semaines à La Roque afin qu'elle rencontre sa belle-famille. Ensuite, ce serait « le début du restant de notre voyage ». Guy ne cessait de répéter la formule, comme si cela le solidifiait dans sa détermination et donnait sens à son choix hâtif de l'épouser, elle, l'étrangère solitaire et secrète.

À quelques kilomètres de Saint-Étienne, dans un bus qui sentait la cigarette et l'humidité, Ada vit subitement deux gigantesques crassiers jeter leur ombre sur la route. Guy lui caressa la main : « Ne t'inquiète pas, le paysage va devenir beau, il n'y a pas de mines là-haut, seulement des sapins. » Il connaissait vaguement son histoire, Ada lui avait décliné les faits majeurs telles les dates-clés d'une guerre lointaine. Il savait aussi qu'elle ne l'aimait pas encore et qu'elle dormait la lampe allumée.

Le bus s'était vidé peu à peu, quittant une route sinueuse flanquée de parois rocheuses pour atteindre un plateau vallonné où le givre automnal faisait scintiller l'herbe. Le front appuyé contre la vitre, Ada suivit des yeux un cours d'eau ruisselant entre les prés. Plus loin, l'épaisseur d'érables dorés, de bouleaux et de châtaigniers. Çà et là, une ferme trapue et des habitations en granit. Quelque chose changeait. L'absence de repères la rendait plus légère. L'angoisse causée par les terrils de Saint-Étienne s'était dissoute. Tu échappes à tout, Ada, tu t'esquives, ce n'est que le début du voyage…

Les Deletang les attendaient devant une haute maison en pierre grise. Figés comme des personnages de Grant Wood, la mère, le père, deux belles-filles et trois des cinq frères (l'aîné était quelque part en Californie). Les épaules larges et les bras hâlés des hommes rappelèrent à Ada les marins d'Anglesey. La mère, Geneviève, était menue et délicate, une dentelle entrelacée de fer.

Guy fit un geste cérémonial.

– Je vous présente *Ada*, attention le premier A se prononce *ai*, comme aimer ou étoile !

– Ou édam, rigola le frère benjamin.

Ada s'avança. Trop consciente de sa maladresse – serrer les mains ou coller ses joues contre les leurs ? – et de ses longues jambes moulées par le jeans enfilé sur un coup de tête entre deux trains à Lyon.

– Il s'est marié avec Jane Birkin ou quoi ? dit l'une des belles-filles, fière de sa blague.

Ada sourit niaisement, prête à jouer un personnage. Geneviève n'était pas dupe : « Tu es la bienvenue, Ada. » Guy l'agrippa par la taille : *Do you hear? She says "Tu", that means she likes you!*

Guy ne souhaitant pas dormir dans sa chambre d'enfant, ils furent installés dans la maisonnette attenant à la bâtisse principale. Un vase rempli de fleurs champêtres égayait la petite cuisine sombre, une série de tableaux religieux était accrochée dans la montée de l'escalier. Sur le lit des mariés, un couvre-lit rose, en viscose, flambant neuf.

– C'est bien, tu ne t'embarrasses pas d'affaires, dit Geneviève en tapotant le petit coffre d'Ada, le seul objet emporté d'Anglesey.

– Tu comprends, Ada ? Léger, *light. She says you travel light!*

– Oui, monsieur docteur, je comprends.

Geneviève éclata de rire. En raison de l'humour de sa bru ou de son accent ? Peu importe, décida Ada, ce rire lui ouvrait les bras.

Dès le lendemain, sa belle-mère l'entraînait au bourg. Les bons morceaux à commander chez le boucher, la cuisson de la baguette, le cousin à éviter, les voisins à vouvoyer, les gamins à tutoyer, le dialecte gaga aux voyelles aplaties, Ada s'y perdait joyeusement. Elle fut présentée – Ada, ma belle-fille, la femme du médecin – au pasteur, au pharmacien, à l'herboriste sur le marché.

– Alors, il revient au pays, Guy ?

– Un petit temps seulement. Il va faire de la coopération à l'étranger.

– *Fouilla !* c'est fort ça, la coopération…

Quand Ada avoua à sa belle-famille que l'océan lui manquait, Geneviève l'emmena au lac artificiel récemment aménagé pour attirer les vacanciers. Elle se souvenait que pendant la guerre, elle avait été témoin de largages d'armes pour la Résistance, le lieu n'était alors qu'un bassin de prairies marécageuses.

– Vous avez beaucoup de souvenirs de la guerre ? demanda Ada.

– On se souvient tous de la guerre ici, même ceux qui n'étaient pas encore nés. Viens, je vais t'apprendre le nom des arbres.

L'étrangeté de ce monde s'ouvrait à elle.

Ada dressait des listes de mots nouveaux et refusait de parler anglais à table, même avec Guy. Ses belles-sœurs continuèrent néanmoins à la surnommer Jane. « N'y prête pas attention, s'excusait Geneviève, c'est que des *badabeu.* » *Badabeu*: idiotes. *Cartable*: saoul. *Se mettre cartable un samedi soir. Franc*: vraiment. *C'est franc bon, c'est franc loin.*

Geneviève lisait les listes de sa bru en rigolant. « Tu entends tout ! Et tu es drôle, c'est un talent ça ! »

Personne n'avait jamais dit à Ada qu'elle était drôle. Belle, oui, obstinée et impulsive, secrète et solitaire. Jamais drôle.

L'idylle des deux femmes dura moins de six semaines. Le jour de la Toussaint, les parents Deletang se rendaient chez des cousins à Aubenas quand un camion percuta leur Citroën CX de plein fouet sur une nouvelle portion de la départementale 211.

Le *mâcle* s'abattait sur elle. Le *mâcle*: tristesse. *Abéreu* à l'âme. *Abéreu*: entaille.

Pas moins de quatre cents personnes se rendirent aux obsèques où le pasteur évoqua la réussite de Claude Deletang, fils de berger devenu patron de la scierie, sa générosité envers les voisins, sa fraternité avec les Juifs durant l'occupation allemande. Quelques regards en coin fusèrent parmi l'assemblée. Habituée à écouter les sons involontaires des fidèles, Ada entendit le soupir narquois d'un homme assis trois rangs derrière elle.

– Nous sommes réunis pour consoler les proches, poursuivit le pasteur. Claude et Geneviève sont entre les mains du Seigneur, leurs enfants auront besoin de notre amitié.

Ce que l'on dit des morts est destiné aux vivants.

Quand un enregistrement de musique sacrée remplit le temple, Ada se mordit l'intérieur de sa lèvre pour vainement repousser le souvenir du chœur d'hommes entonnant l'hymne gallois. C'était en 1965, il pleuvait. Il pleuvait depuis deux mois. Les noms des vingt-trois mineurs ensevelis vivants avaient été récités devant les tombes. Leur ancienneté. Leur âge. Jude Harry Williams, cinq années de service à la mine, dix-neuf ans.

Six mois plus tard, ils enterraient Bella Williams, leur mère. Après la messe mortuaire, étayée par trois pintes de bière, la jeune fille s'était lancée au pub dans une récitation de *Warning*, le poème préféré de sa mère. Le curé s'était rembruni, reposant bruyamment sa tasse de thé, mais les amies de Bella avaient applaudi en essuyant leurs yeux. Ode à la liberté des femmes vieillissantes, les premiers mots louaient le plaisir de porter un chapeau rouge avec un manteau violet et de cueillir les fleurs chez les voisins en toute impunité. Ada avait trouvé ironique que sa mère, morte d'un surdosage de barbituriques, ait convoité une vieillesse si colorée qu'elle n'aurait pas.

La main de Guy sur son bras ramena la jeune femme aux funérailles de ses beaux-parents. Geneviève aurait sans doute apprécié *Warning*, songea-t-elle. Elle se promit d'acheter un chapeau rouge avant qu'il ne soit trop tard.

Claude Deletang avait bien géré ses affaires. La succession fut partagée proprement, aucun membre de la famille ne se déclara lésé. Que Guy héritât de la grande maison au bout du bourg semblait juste, ses frères recevaient la scierie, du terrain, des biens sur les hauteurs du Vivarais. Les bijoux de Geneviève furent estimés et distribués par Guy lui-même, cela aussi, le testament l'avait disposé. De crainte d'être taxé de profiteur, il donna les plus jolies pièces à ses belles-sœurs. Ada reçut une bague, qu'elle égara, et une broche, un cheval en argent orné d'un rubis qu'elle agraferait fidèlement à ses chemisiers tout au long de sa vie.

La nuit qui suivit les funérailles, Ada se réveilla seule sous la viscose froide. Guy était assis dans la cuisine, la tête entre ses mains, le corps secoué de sanglots. Ada eut envie de reculer, elle s'avança, articulant ce qu'elle espérait être des consolations. Guy l'attira soudain contre lui, la souleva et plongea en elle, une main sur son sein, avide d'y sentir un cœur qui bat. Ada se souviendrait de la froideur du bord de la table contre ses reins et du calme qui envahit le corps de son mari l'affaire terminée. Il fit alors chauffer une soupe aux cèpes fabriquée six jours plus tôt par sa mère.

– On va devoir rester maintenant, déclara-t-il brusquement. Personne d'autre que moi ne saura tenir la famille. Je vais ouvrir un cabinet au bourg, c'est ce que les parents voulaient, pour ça qu'ils m'ont payé de si longues études.

Tout s'arrêtait. Finalement, rien n'allait s'arrêter.

Une panique flottante submergea Ada. La sensation familière de voir le monde comme depuis la fenêtre d'un train.

– Tu verras, la vie est douce ici, les gens peuvent être rudes, mais ils ont le cœur sur la main. Et les Deletang sont aimés, admirés même. On fera un enfant…

Il n'avait jamais été question d'enfant. Ada l'avait décrété dès leur première nuit d'amour: je ne veux pas être mère, jamais. Elle pensait le libérer en disant cela, le libérer d'elle. Le jeune médecin avait hoché la tête : Tu as raison, la famille est un fardeau. Non, non pas un fardeau, aurait voulu objecter Ada, un amour atroce, un amour toujours menacé de disparaître.

Et voilà que son époux évoquait une descendance et une vie bien rangée dans un bourg de moyenne montagne. Il avait suffi qu'apparût la mort pour qu'il changeât d'aspirations. Une sortie de route peut abolir les rêves les plus splendides.

Ada avait subitement eu envie de le blesser : les Deletang étaient-ils si admirés ? Pourquoi ces regards au temple alors, quand le pasteur évoquait l'héroïsme de Claude pendant la guerre ?

Son époux se souvenait d'une tête de cochon clouée à la porte de la scierie et de lettres anonymes couvertes du mot collabo. Il se contenta de lui répondre d'un haussement d'épaules :

– La rumeur est un virus, il ne faut pas la laisser entrer.

Parole de médecin.

– Ada, je comprendrais si tu décides de partir. J'aimerais tant que tu restes.

Aux premières lueurs du jour, l'herbe givrée craquelant sous ses bottes, Ada avait vu la nature s'éclaircir de toutes ses nuances de rouille et de vert. Elle voulait l'océan. Prendre le large. S'écorcher la voix sous l'eau. L'austérité majestueuse des monts d'Ardèche au bout du petit matin semblait moquer ses envies de fuite. Elle s'était souvenue qu'enfant, au moindre signe de mélancolie, son père l'envoyait ramasser des brisures de charbon ou nourrir de feuilles mortes le feu de jardin. Le chaos des sentiments se gérait à coups de labeurs chez les mineurs. Les questions existentielles étaient balayées d'un rire.

Tu es de ces gens-là, songea Ada, de ceux qui ne renoncent pas. Elle était retournée dans la maison Deletang. Tout s'était arrêté. Jamais plus le couple n'avait évoqué le début du restant de leur voyage.

8

De ses origines, Ada n'a gardé que deux habitudes : conserver sa peine pour soi et boire du thé, qu'elle aime noir et fort, agrémenté d'un nuage de lait.

C'est du thé qu'elle prépare à présent. Rincer d'abord la théière à l'eau bouillante, y déposer trois sachets de thé – elle n'aime pas le vrac –, verser l'eau bouillante, remuer, recouvrir le récipient d'un *tea-cosy*, ce dôme en laine orange qu'elle a tricoté elle-même, laisser reposer. Trois minutes plus tard, elle verse du lait froid dans un *mug* en grès et ajoute un sucre avant d'y verser le breuvage âpre. Ces gestes rythmaient son enfance. Le rituel, une tasse de thé sucrée et brûlante tendue pour réconfort. *D' you want a cup of tea, cariad? Cariad,* mon amour, ma chérie.

À l'instant où elle porte la tasse à ses lèvres, une pulsation traverse son ventre. Non, une douleur : une lame de fond, un battement d'ailes. Ada se fige.

Fut un temps, ce signal agissait sur elle comme le retentissement d'une sirène et elle se mettait à courir. Courir à l'étage où Becca, deux ans, escaladait le bord de la fenêtre. Au jardin, où l'enfant contemplait le nid de vipères sous une tuile. Au grenier, où elle pleurait silencieusement car un chaton lui avait entaillé la joue (Becca en garde la cicatrice au coin de l'œil gauche, pareille à une larme). En 2006, lorsque sa fille se fractura le fémur pendant un stage d'escalade, Ada avait appris l'accident par les remues de son ventre. Et un 31 janvier, pareille certitude l'avait réveillée, l'incitant à téléphoner aux gendarmes. Becca, quinze ans, ivre, avait flanqué la voiture d'un cousin dans une congère.

Guy accueillait ses intuitions avec indulgence. La majorité des femmes possèdent un lien viscéral avec leur progéniture, expliquait-il, des restes du cerveau reptilien probablement. Quand des chiots sont noyés en pleine mer, la chienne restée à terre hurle de chagrin. Le jour où Becca avait disparu de leur vie, il avait prié Ada de ne plus lui faire part de ses « petits signaux ». (Tout était devenu « petit » dans sa bouche. Un petit chagrin. Une petite dépression. Une petite après-midi de chasse.) De toute manière, le ventre d'Ada ne résonnait plus. Le fil invisible qui la reliait à sa fille avait été sectionné.

Une seule fois, en janvier 2013, les ailes s'étaient déployées à nouveau, secouant ses entrailles en pleine nuit. La main nouée contre son ventre, Ada avait réveillé Guy dans la chambre d'amis, le couple dormait séparément depuis quelques mois.

– Accompagne-moi à Malerne.

– Pour quoi faire, Ada ?

– Vérifier que Becca est toujours…

– … toujours quoi ? vivante ? timbrée ? On ne va pas recommencer, Ada, laisse !

Laisse. Comme à la chienne qui plonge pour secourir ses chiots. Pas bouger ! Pas bouger, j'ai dit !

Ada se rendit seule à Malerne, klaxonnant devant le haut portail jusqu'au lever du jour et l'apparition d'une figure mollassonne, manteau gris, ruban noir dans les cheveux. « Vous cherchez votre chemin, madame ? Reconnaissez-vous

Jésus-Christ comme votre Sauveur ? Qui vous envoie, le Seigneur ou un ami ? »

– Je viens voir Becca. Je suis sa mère.

– Becca ?

– Rébecca.

– Rébecca est en réunion.

– À huit heures du matin ?

La femme la gratifia d'un sourire distrait.

– Je veux la voir. Sinon j'appelle la police.

La Simple s'en alla. Le bruit irritant de ses bottes sur la neige derrière le mur. Le vent glacé entre les sapins. L'écho du klaxon d'Ada d'une montagne à l'autre. Un chien aboyait, furieux, contre le portail.

Un homme était apparu. La quarantaine, cheveux longs et soyeux, doudoune rouge, jean déchiré, d'un calme provocant. Ada n'avait jamais vu le fondateur des Simples bien que Becca, l'année précédente, ait été intarissable à son sujet. Ses sermons abstrus, ses surnoms ridicules, son « charisme trop bizarre ». À l'époque, Becca le traitait de *barge*. Le ventre d'Ada lui signifiait déjà que la vie sonnait faux.

– Rébecca doit prier aujourd'hui. Elle ne pourra pas venir à votre rencontre.

– Ce n'est pas à vous de le décider.

– L'homme est sous l'autorité du Christ et la femme sous l'autorité de l'homme.

– C'est ridicule… S'il vous plaît, se surprit-elle à ajouter devant l'humanité de son regard.

Il frôla son bras avec douceur avant de tourner les talons :

– Rébecca se porte bien. Allez, ne prenez pas froid.

Ada repose sa tasse de thé. Ses entrailles s'agitent, les ailes se crispent, quelque chose veut déborder. Elle presse sa voûte plantaire contre les cailloux au fond de sa chaussure. Leur tranchant l'oblige à respirer. Il faut qu'elle se rende sur la grand-place. Maintenant. Ses jambes le savent.

Remonter la ruelle, la chaleur immédiate, oppressante, les étals bondés, la lenteur des passants, les bavardages, la nuée d'humains et, au coin de la place, saisissante de raideur, Becca.

« Ainsi, celui qui est raide et inflexible / est un disciple de la mort. » La phrase, lue récemment dans un recueil zen, traverse l'esprit d'Ada. Les gravillons glissent, mordants, entre ses orteils.

Derrière la table couverte de pains et de sachets d'herbes, sa fille la regarde venir.

– Becca. Ça va ?

Absurde question.

Sourire agrafé aux lèvres, la jeune femme désigne un prospectus :

Aujourd'hui, c'est dans le SILENCE que nous ŒUVRONS.

En caractères réduits :

Il est plus facile de vivre dans la DÉBAUCHE que dans la SIMPLICITÉ.
Chaque membre de notre communauté a choisi de suivre un chemin rigoureux, fidèle et modeste.
Grâce à vos DONS, nous...

Ada secoue la tête contre la colère qui l'étreint.

– Tu es venue seule ?

Becca relève son arme de protection :

Aujourd'hui, c'est dans le SILENCE...

Même sans ce papier, elle n'a pas adressé plus de trois mots à qui que ce soit du bourg depuis bien longtemps et les rares fois où Ada l'a croisée, elle s'est montrée poliment indifférente.

Elle semble moins assurée aujourd'hui. Ce teint cireux. Ces mèches ternes qui s'échappent du foulard. L'aile du papillon frissonne. *What is it? Tell me...* Impossible demande, Becca décamperait.

Une touriste se plante devant la table et parcourt avec intérêt le prospectus avant de demander d'un gazouillis obséquieux, comme si elle-même était vouée au silence, si les Simples fabriquent du pain sans gluten. Ada aurait envie de rire. Becca désigne une miche grise et la touriste agite un billet, visiblement submergée de bonheur. C'eût été agréable de lui enfoncer le pain entre ses lèvres niaises.

La patronne de la charcuterie longe le trottoir dans leur direction. Becca ne prend pas la peine de lever son prospectus. Élise Boucheron a le pouls surchauffé, le cou violet. Ma pauvre Ada, sortir sans chapeau ! Et Guy, il nous manque, hein, il nous manque à tous… Petit regard à Becca qui sourit automatiquement, réarrange les pains et soudain s'éclaire. Ada se retourne : deux Simples fendent le monde, une femme gracile et un petit garçon. Il lève fièrement un carton vide. Quand ils viennent au marché, ils distribuent toujours des prospectus, un appel à la charité, une façon d'appâter les âmes éclopées. Employer un enfant, c'est nouveau. Ada devrait faire un scandale.

La femme rejoint Becca derrière la table et écarte les lèvres. Ce sourire… Est-ce qu'elles suivent des cours de perfectionnement ? S'entraînent-elles face à un miroir, se calquant sur Mona Lisa ou sur *La Dame à l'hermine* ? Par ce sourire, Élise Boucheron est absoute. Elle s'efface, déçue. Les Simples sont égaux à eux-mêmes, rien de nouveau à faire croustiller la langue.

Ada remarque des traces de boue sur le pantalon de l'enfant. Il y a essuyé ses mains, tous leurs gestes ne sont pas programmés. Il l'observe avec candeur.

– Bonjour, comment tu t'appelles ?

Un appel à la mutinerie, cette question, la volonté de dévaster leur silence obscène. La gracile, ce doit être sa mère, pose une main sur la tête du petit qui se détourne déjà d'Ada en bon petit soldat. Symbiose invisible : ils remballent.

Becca file avec la planche et les tréteaux, l'autre, les bras accablés par les paniers, et l'enfant, le carton à bout de bras telle une couronne. Quelques touristes lèvent les yeux, étonnés par ce trio de figures incolores. Les habitants du bourg ne s'en émeuvent pas, les illuminés font partie du paysage depuis longtemps.

9

En ce 19 août, on prie en silence puisque c'est Jour de silence. En cercle, chacun sur sa chaise attitrée, le dos calé, les pieds plantés sur les dalles fraîches ou pendouillant dans le vide. Le maître acquiesce et chacun baisse les paupières.

Dom oriente imperceptiblement ses oreilles dans plusieurs directions : s'il se concentre, il doit être possible d'entendre les voix, même muettes. Il ne parvient pas à se concentrer, il prie pour que la séance s'achève. Pour aller déterrer la pièce. Il plisse les yeux. Il faut prier le Seigneur avec sincérité. Inspiration expiration inspiration expiration, il ne sait plus s'il inspire s'il expire s'il inspire.

Dom n'est pas toujours sincère. Cet écart de sincérité entre lui et *eux* l'inquiète. Lucifer, magicien noir à la tunique couleur de sang, imprègne les insincères. Rébecca lui a dit de ne pas s'alarmer. Elle aussi prie parfois en pensant à autre chose. Ils n'avaleront pas le Malin pour autant. Au fond, Dom a la certitude que le Malin les a déjà avalés.

Sur son épaule, subitement la main.

La main du maître ne fait aucun bruit, c'est pour ça qu'il est le maître. Inspire expire inspire expire *sincèrement* inspire… La main du maître guide les fidèles vers l'Éden.

Pour retourner à l'Éden, il faut passer par le sexe, c'est écrit dans les Mystères majeurs : « *L'Éden, c'est le sexe. Il faut entrer par la porte du sexe, car c'est par cette porte que nous sommes sortis, il n'existe pas d'autre porte pour entrer ou sortir de l'Éden.* » Le maître dit aussi que le sexe, c'est l'instrument du Malin. C'est déroutant. Le sexe-Malin et le sexe-porte sont-ils la même chose ? Dom préfère penser à l'Épée terrible de la Justice cosmique. Il visualise bien l'épée tournailler, enflammer et fendre. Il repense à la pièce enfouie dans la terre à côté de la rivière. *Inspiration expiration*... La main se retire. Glissement sourd de son éloignement.

La main a ramené la sensation des événements de la veille. Dom s'est pourtant juré de ne plus y penser (l'Esprit saint n'aime pas qu'on ressasse les choses).

La correction n'est pas un rituel. La correction survient on ne sait jamais quand. D'un coup, on est arraché aux tâches solidaires, dirigé vers la salle de prière, debout en cercle autour d'une chaise et Kaï convoque au centre la personne à corriger. Au printemps, c'étaient Marie-Claude et sa fille, Marthe. Dom est certain que c'était le printemps puisque les fraisiers formaient leurs fruits durs et verts qui donnent mal au ventre. Marie-Claude, justement, avait avalé l'interdit, une rondelle de saucisson. Marthe a tout raconté au maître. Le Saint-Esprit a réclamé une double correction puisque deux péchés se combinaient : manquer d'amour pour autrui (Marthe) + succomber à la tentation (Marie-Claude). La correction n'a duré que trois minutes car, en grimpant sur la chaise, Marie-Claude a glissé et sa tête a heurté le sol froid. *Bam.* Comme elle ne bougeait plus, Jean-Jean a fait venir un médecin. Pendant ce temps, Marthe attendait, debout sur sa chaise, avide d'accusations, de rage et de pardon. Dans l'agitation, personne n'a pensé à lui dire de redescendre.

Au mois de juin, c'était au tour de Lydie. Elle venait de débarquer à Malerne. « N'a pas dénoyauté les prunes avant la compote Fait courir des ragots Pleure en secret Convoite le maître La peur la dirige, non la foi... » Dom ne se rappelle plus les autres plaintes. Le grondement des voix était désagréable, une suite de clés arrachées à un piano. Lui-même a dû inventer quelque chose puisque chaque Simple doit blâmer, même les plus jeunes. Il a accusé Lydie d'être *allergique*. Rébecca a souri. Une autre correction concernait Étienne, le fils de Betouel qui revenait tout juste de son année initiatique à Saint-Malo. À leur majorité, les enfants des Simples ont le droit de passer un an « dehors », ça fait partie du règlement. Hélas, le « dehors » cause souvent des dégâts ; soit les dix-huitards ne reviennent pas, soit ils reviennent tout cassés (les mots du maître : *tout cassés*). Au bout de deux heures, Étienne est tombé droit de la chaise, secoué de spasmes et de grommellements. Quand son corps s'est enfin immobilisé, le cercle a applaudi. Jéhovah avait vaincu Lucifer !

Hier soir, c'était au tour de Dom.

Il se souvient, ses joues brûlaient lorsqu'il s'est mis debout sur la chaise. Rébecca le fixait en se mordant la lèvre et le cercle se préparait à tourner. Kaï s'est agenouillé et a posé ses mains d'homme autour de ses chevilles. Dom a d'abord aimé le contact des mains du maître. Il s'est dit que le maître était son ancre, il ne tomberait pas de la chaise tant que ses mains le tiendraient et que Rébecca le regarderait en se mordant la lèvre. Mais quand la ronde s'est mise en branle, tourniquant et débitant ses accusations, Rébecca l'a lâché du regard, et les mains du maître ont serré tellement fort que Dom a entendu craquer ses chevilles.

Le but de la correction, c'est de recevoir les blâmes, puis d'attendre le pardon du Saint-Esprit. Si le corps chute, *labalabadoum*, comme un château de cartes, ou *pim*, comme un claquement de doigts, c'est bon, on est pardonné. Dom sait cela. Pourtant, en entendant « Ne prie pas Pisse sur la lunette A oublié ses tâches Colle sa mère Marche dans son sommeil Chante faux Manque de dextérité... », il n'a pas réussi à comprendre la *vraie* raison de sa correction. Chevilles emprisonnées, debout sur la chaise, il s'est soudain mis à pleurer, car pourquoi sa famille voulait-elle tant qu'il tombe ?

Hier, après la correction, il s'est réveillé sur le canapé. Il faisait nuit. Un feu avait été allumé dans le jardin et des percussions jaillissaient des enceintes posées sur le rebord de la fenêtre. Claudia, Marie-Claude et Gabrielle bavardaient, assises à même le sol. Anne et Étienne dansaient collés dos contre ventre comme des cherche-midis. Rébecca dansait aussi, avec Kaï. En un coup d'œil, Dom a vu que ce n'était pas vraiment sa mère. C'était l'autre Rébecca, celle qui secoue ses dreadlocks et éclate de rire tandis que ses yeux incendient le vide. Il a vu aussi la tache rouge sur sa tempe. Rébecca dira que ce n'est rien, elle s'est juste cognée à Lucifer, elle a eu ce qu'elle cherchait.

Dom est resté au bord de l'herbe, parmi les chiens qui erraient, malheureux, loin des cris et des flammes. D'un coup, Rébecca l'a soulevé du sol : Regarde la lune mon amour, écoute comme les tambours battent fort ! *Boum Boum Boum Boum Boum...*

Ça y est, la séance de prière muette est terminée. Les autres s'étirent et sourient, Rébecca fonce en direction de la cuisine, Lydie bâille rêveusement. Personne ne le regarde s'éclipser.

La rivière est là, la cachette intacte. Il va retarder le moment de découvrir la pièce. Il préfère y penser, il préfère lui donner rendez-vous.

Au bout de trois sifflements, Sonja accourt, frétillante de joie, brise noire et blanche se faufilant entre ses mollets.

– Non ! énonce Dom, désignant le coin de terre. Non, Sonja !

Elle se fige, oreilles alertes, yeux intelligents. T'es gentille, ma Sonja, gentille chienne. Pour la récompenser, il lui lance un bâton dans l'eau.

10

Le pharmacien de La Roque, un type costaud qui sent le désinfectant, veut savoir comment Graff compte porter douze kilos d'argile en appui sur une béquille. Le vieux ne répond pas, il trouvera bien une solution. Le pharmacien interpelle une gamine qui renifle des produits de beauté dans les rayons, elle pourrait aider « le monsieur » avec ses courses. La gamine prend un air offusqué et bougonne une phrase inintelligible. Empoignant un sachet de trois kilos, Graff annonce qu'il viendra chercher le reste tout à l'heure. Le pharmacien insiste :

– Sois gentille, il faut seulement l'accompagner au terrain à côté de la maison Deletang.

Graff ne s'étonne pas qu'on connaisse déjà l'emplacement de la caravane, toute sa vie les *gadjé* ont cherché à le localiser.

La gamine souffle, attrape deux sacs d'argile et donne un coup d'épaule à la porte de la pharmacie pour sortir. Ses pas impatients sur le trottoir, sa jupe trop courte, ses cheveux lissés-huilés. Le pharmacien souhaite à Graff du courage.

Elle l'attend au pied de la caravane, les deux sacs à terre, balancés n'importe comment.

Graff lui demande si elle peut lui rendre un autre service, attraper la boîte en métal logée sous la caravane. Elle hausse les sourcils, un semblant de coquetterie qu'il juge vaguement obscène. Il est sur le point de lui dire de filer quand elle se glisse sous le véhicule, râlant pour sa jupe. Il détourne les yeux car elle a le cerveau brouillé, mais de belles jambes. Elle lui tend la boîte en métal.

– T'es avec le cirque ?

– Ouvre-la pour moi, s'il te plaît.

La fille hésite.

– C'est quoi d'dans ?

– Un crotale du Texas.

– Hein ?

– Des bandelettes. Pour le cheval.

– Ils sont partis où, les autres ?

Graff a un vague geste de la main confinée par le plâtre. Elle dévisse précautionneusement le couvercle.

– Tu sais pas la ville ?

– Merci pour ton aide, tu peux y aller.

Elle a un instant d'arrêt, elle n'a pas l'habitude d'être congédiée. Le vieux boitille en direction du seau accroché à l'une des barres de fer qui enchâssent la vitre arrière de la caravane. La fille se hisse pour décrocher le seau avant lui.

– Tu le connais, le Rouge ? Il devait me donner son numéro et on s'est ratés. Je peux t'aider avec le truc du cheval, puis tu me donnes son numéro ?

Deux pensées traversent le cerveau de Graff. Un, il est devenu tellement vieux que les jeunes le prennent pour un con. Deux, l'attrait du Rouge, idiot maigre aux cheveux jaunes, est stupéfiant. Chaque fois que le cirque s'arrête, le gréeur se dégote une chérie. Il ne partage pas cette information avec la gamine, mais lui demande son prénom.

– Melisa. Alcantera.

Prononcé d'un accent espagnol, en minaudant.

– Melisa Alcantera. J'ai pas de numéro à donner, j'ai pas de téléphone. Maintenant, ramène tes fesses au village et trouve-toi un gars d'ici, les forains ne sont pas fréquentables.

– *¡Que te folle un pez cabrón!* lui lance-t-elle en franchissant le muret.

Graff parle des bribes d'espagnol, l'idée de se faire mettre par un poisson le fait rigoler.

Le robinet fixé au muret fuit. De sa main valide, il le dévisse et remplit le seau à moitié avant d'y verser petit à petit la poudre d'argile. Il retourne s'asseoir devant la caravane. Le temps de laisser reposer la pâte, qu'elle devienne homogène. Cigarette aux lèvres, il frotte la poudre verte qui s'est déposée sur son avant-bras et voile le tatouage de huit lettres sur son poignet gauche : *Chirikla*.

Depuis deux semaines, il rêve d'elle. Les empreintes de ses pas ouvrent le chemin d'une forêt et Graff, enfant, la suit. Dans les premiers rêves, le bout de son tablier brodé balayait la terre devant lui, sa cheville constellée d'or disparaissait apparaissait disparaissait, il suffisait d'accélérer pour placer ses petites bottes dans son sillon. Au fil des nuits, la distance entre les traces de la vieille femme et l'enfant a augmenté. Le rêve de la nuit dernière a suivi des empreintes sèches depuis plusieurs saisons. Chirikla n'était plus.

Graff a la certitude que sa grand-mère lui montre le chemin vers la mort. Elle qui, vivante et chaude, s'est éloignée avec son édredon dans l'escalier d'une cage en béton lui fait savoir que c'est terminé.

Elle l'a vu naître dans un camp de concentration en Transnistrie. Un camp où la mort laissait l'épuisement, l'entassement, la famine et la maladie œuvrer pour elle. « T'es né sur la paille en pleine lumière, lui racontait Chirikla. J'ai placé mes pieds contre le dos de Věra pour qu'elle t'expulse.

Ma cousine a coupé le cordon ombilical et ton père t'a nettoyé avec le *diklo* qu'il portait depuis son mariage. »

Sans caravanes, ni baraquements, les détenus, principalement des Juifs et des Tsiganes déportés de Roumanie, s'abritaient de l'hiver dans des porcheries et des granges en ruine. Chirikla déterrait les navets et les os qu'elle trouvait sous la neige. Son fils échangeait des tours de cartes contre le pain noir de vieillards moldaves. Quand la mère de Graff mourut du typhus, Chirikla se fit arracher sa dent en or pour la troquer contre du lait d'ânesse. « T'as du bourriquet dans les veines, c'est pour ça que t'es aussi buté », ne cessait-elle de lui répéter pendant sa jeunesse.

Les détenus furent subitement libérés. Chirikla portait le nouveau-né dans son dos lorsqu'ils enjambèrent les barbelés. La *kumpània* n'était plus que deux maigres familles contre huit avant-guerre. Craignant d'autres camps, d'autres prisons, ils s'étaient cachés dans les Carpates. Fin 1944, le grand-père de Graff les retrouva grâce aux lambeaux de tissus que Chirikla accrochait aux arbres depuis leur départ du camp. Tout se savait, les naissances comme les morts, les *kumpània* faisaient passer le mot. « Sans mouvement, l'élan se brise », a pleuré le grand-père en voyant la cabane de bûcheron où se terraient les siens. C'était un homme pacifique et rêveur qui aimait se tenir à distance du monde des *gadjé*. Pour une absurde histoire de chevaux, il avait été enfermé en France en 1942 et s'était évadé grâce à une religieuse catholique et un fermier protestant, nouvelle qui fit rire aux éclats Chirikla. Avant la guerre, son mari avait l'habitude de dire qu'il avait la foi mais n'était pas croyant.

Les *tiganii* redevinrent de simples parias au temps de la paix. La *kumpània* reprit son mode de vie, répara, construisit des roulottes, acheta, attrapa, vola des chevaux. Chirikla se moquait bien d'être chassée de ville en village. Ils étaient libres et son petit-fils voyageait dans une roulotte comme il se devait. Elle brodait des pièces d'or dans ses gilets déchirés, fabriquait de la lumière avec une bougie et une pomme de terre, lui enseignait les sifflements de la chouette, du grand corbeau, du bruant fou.

Lorsque le grand-père mourut soudainement en 1950, emporté par une molaire infectée, Chirikla refusa de prononcer son prénom afin que son âme puisse s'échapper et devenir le rêve d'un cheval galopant. Elle donna l'ordre à son petit-fils de verser sur le corps douze litres de bière pendant qu'elle hurlait ses adieux.

En 1953, au nom du programme politique d'intégration des *tiganii*, ils furent envoyés au fin fond de la Transylvanie dans une ville montée à la va-vite pour loger les ouvriers d'un gigantesque chantier. Les roulottes furent brûlées. Leurs quelques chevaux restants erraient et maigrissaient sur le terrain vague en bas des immeubles. On ne songeait même plus à les maquiller pour les revendre. Communiste convaincu, le père de Graff prétendait que c'était la fin de la persécution. Les enfants iraient à l'école, les Lovara auraient du travail, les femmes accoucheraient à l'hôpital et ne crèveraient plus en couches. Les hôpitaux des *gadjé* sont des mouroirs, répliquait la grand-mère.

En été, quand les étoiles lui manquaient, en hiver, pour sentir la neige sur ses paupières, Chirikla traînait son édredon jusqu'au toit qui n'en était pas un, mais une dalle de ciment encore hérissée de tiges de fer. Elle est encore montée sur le toit, disaient les gens, Chirikla perd la tête.

Parfois Graff s'allongeait à côté d'elle. « *Av jekh Rrom rajkano taj pativalo,* sois un Rom noble et respectable, mais ne confonds pas ce qu'on attend de toi avec ce que tu es », lui soufflait-elle d'une voix craquelée par le tabac. Le visage râpé par la bise et les pieds au chaud sous l'édredon, il l'entendait dire que son père avait été un bon Lovara, le meilleur éleveur de chevaux de sa lignée, hélas la faim l'avait contraint à manger son propre cheval pendant la guerre. Devoir bouffer ce qu'on tient pour sacré rend misérable à vie. « Tu n'es pas héritier, seulement descendant, lui disait-elle, il faut que tu le saches pour ne pas contrarier ton destin d'homme libre. »

Celle qui avait balancé par la fenêtre de l'appartement le chauffe-plat et les draps marqués du sigle du Parti ne voulut jamais s'assimiler. À la centrale thermique, les Roms avaient du travail, une paie misérable, des logements neufs, un portrait du président Gheorghiu-Dej dans le salon et un bout de potager qu'ils encombraient de fils de fer rouillés, de roues et de paille. *Amaro odĭ e phuv ći azbal*, pleurait la grand-mère en montant l'escalier vers le toit. Notre âme ne touche plus terre.

Un soir, elle ne revint pas.

Du toit Chirikla a sauté. Du toit Chirikla a plongé. Cela dépendait des versions. Chuté, plongé, plongé, chuté. Le choix des verbes s'emmêlait dans la tête de l'enfant et le rendait fou. Chuter, il aurait pu l'en empêcher. Plonger, il aurait su la raisonner. Il aurait fallu ne pas la quitter d'une semelle. C'était peu de choses pour sauver l'amour de sa vie.

La nuit des funérailles, alors que les hommes brûlaient des pneus et tiraient en l'air avec d'anciens fusils de guerre, alors que les femmes s'arrachaient les cheveux et interdisaient aux enfants de monter sur le toit, *jamais plus le toit !*, le petit-fils s'était rendu dans la baraque d'un chauffagiste russe réputé pour ses dessins. À l'intérieur de son poignet gauche, il fit marquer un prénom. Accroché à la dernière voyelle, un trait escaladait l'intérieur de son bras jusqu'à sa poitrine. Cela prit au tatoueur six heures. La douleur permit au garçon de ne pas pleurer.

Un prénom et un long fil d'encre noire :

Sa cigarette consumée, le vieil homme se hisse debout et convoque la jument d'une série de claquements de langue. Elle vient à lui en clopinant.

Il étudie ses mouvements d'une expression grave, puis il boitille à son tour jusqu'au seau qu'il ramène et pose sur une marche. Il enduit de pâte verte le canon de l'animal, travaillant bien à rebrousse-poil afin que l'argile soit en contact avec la peau. Il termine en enveloppant la jambe avec les bandelettes fines. La jument frissonne. Il lui dit de se tenir tranquille.

Dans la caravane, il allume sa platine, un modèle tuner intégré acheté sur le marché d'une ville du Nord. Les cordes entraînantes de *So Long Marianne* saturent l'habitacle. Graff monte le volume, la jument apprécie Leonard Cohen autant que lui.

11

À la fin des années soixante, dans un bar de Montreuil, un vieux ferrailleur surnommé Bobby Charlton se présenta à Graff. Il avait connu Chirikla, il venait de Saint-Ouen pour causer d'elle avec son petit-fils.

– Ça se passe pas bien pour la Manchester United en ce moment, avait grogné Graff, par allusion au surnom du ferrailleur, façon aussi de l'embrouiller.

– Tu comprends pas, je l'ai connue, Chirikla. C'était une belle femme, une femme mystique.

Graff, vingt ans, le corps forgé par plusieurs saisons de cueillette et d'acrobatie, épingla Bobby contre le mur. On n'évoque jamais la sexualité des femmes, encore moins de celle qui t'a élevé.

– Écoute-moi, crachait l'autre, étouffant sous l'empoigne du jeune Lovara, *băh, asculta-ma !*

Graff détendit sensiblement ses doigts.

– Ta grand-mère, elle aimait ton grand-père, même quand elle le trompait, avec moi, avec d'autres, elle l'aimait. Ça se sentait au lit, à certains moments, elle… disparaissait. Son corps était là, chaud et vivant, mais son esprit, *pff,* il s'envolait. « Où t'es partie ? » je lui disais. Et elle : « Discuter avec mon mari ! » Garçon, je suis venu te dire qu'elle n'a pas sauté d'un toit, ta *mami*, elle n'est pas tombée non plus. Elle a ouvert ses ailes pour rejoindre le vieux, c'est tout.

Graff lui asséna un coup de tête parce qu'on ne parle pas des morts, on les laisse morts en paix. Ensuite, il l'a aidé à se relever et lui a payé à boire, car l'homme offrait une explication à laquelle il n'avait jamais songé.

L'origine du prénom de sa grand-mère était *ćirikli*. Oiseau, en lovara. Il était plausible qu'une femme-oiseau sache voler.

12

Au repas du soir, le maître a une crise.

Seul Dom en saisit les prémices : la vibration aiguë dans une gorge rétrécie, le reniflement discret, le frémissement d'une glotte. Il lève la tête pour identifier d'où provient cette musique liquide et son regard rencontre celui du maître. Celui-ci lève instantanément les épaules, se tord le visage et expulse d'atroces sanglots.

Les Simples se tétanisent, couverts en l'air.

Tout en pleurant, le maître cherche des yeux Rébecca qui fixe son assiette. C'est Gabrielle qui s'empresse de repousser sa chaise et se jette sur lui pour le réconforter. Malaise : c'est Jour de silence, elle ne peut parler, et sans mots, comment apaiser le malheureux ?

Le chagrin du maître dure de longues minutes. Bruyantes. La soupe va être froide.

Les beaux yeux verts de Rébecca sont enduits de gris, comme quand une chose lui paraît ridicule. Claudia lorgne nerveusement sur l'horloge. Il est dix-huit heures. Son fils de trois ans peine à s'endormir si on le couche trop tard. Elle va être obligée de lui chanter des berceuses en coréen. C'est toujours la même musique et Dom aimerait qu'elle change de partition. Ceci dit, avec cette histoire de silence, pas certain que Claudia ait le droit de chantonner… Marthe aussi devra se taire. Au moins le dortoir sera tranquille. La semaine dernière, Marthe, treize ans, a décidé d'être atteinte de « somnambulisme extatique ». Ce sont ses propres mots. Elle se baladait entre les lits, yeux fermés, bras levés à l'horizontale, en énonçant d'une voix monocorde ses projets : remplacer ma mère à la cuisine car ses plats sont douceâtres et insipides ; épouser Kaï ; enfanter et régénérer un monde valétudinaire. Marthe aime les expressions sophistiquées. Hier, pendant la correction, c'est elle qui a hurlé que Dom manquait de dextérité. Le maître la trouve amusante.

Les sanglots ont baissé d'intensité. Kaï se lève douloureusement, les deux mains appuyées sur le dossier de la chaise.

– Je suis anéanti. Je tente de lutter… c'est difficile.

Sidérés qu'il rompe le silence, les Simples obtempèrent. Jean-Jean touille discrètement sa soupe. Dom a l'impression que les uns et les autres voudraient pleurer ou parler ou manger, mais personne ne sait qui a le droit de faire quoi. Rébecca, elle, ferme tout simplement les yeux.

– Malgré les prières, poursuit le maître, mettant du muscle dans sa voix, malgré l'amour et le sexe, le Mal demeure.

Au cours de certains sermons surgissent de la voix du maître des notes écrasées, comme si le son se décollait des mots. Cela embrouille les oreilles de Dom. Secrètement, il nomme ces notes des mensonges.

– Je vous ai prévenus : tout est déjà réglé, à condition de vivre séparé des choses intramondaines ! Ne subissons plus l'incompétence de ceux qui dirigent ! Les médecins, les politiques, les patrons, les comptables ! Nous, moi, toi, toi, toi… sommes *Ses* brebis. Et comment agit la fidèle brebis ? Que doit accomplir la fidèle brebis ?

L'assemblée blêmit. Elle lui doit une réponse de brebis. À quelle question déjà ? À voix haute ?

Dom ne se sent pas concerné, il est trop petit pour être brebis.

Les autres paniquent. En silence.

– *ENFANTER!* Chaque brebis doit enfanter! Celle qui porte la vie doit se réjouir. Celle qui arrache la vie doit subir! Je ne vous parle pas de mes vues, mais de celles du Seigneur. Et parfois, voyez-vous, Sa voix me fait pleurer. Car là… Il n'est pas content.

Les yeux vitreux de Lydie foncent subitement en direction de Rébecca. Les yeux bridés de Claudia aussi. Chaque brebis suit le regard d'une autre brebis et tous les regards aboutissent à Rébecca.

Ouvre les yeux, pense Dom. *Pourquoi ils te regardent comme ça? Réponds-leur!*

Ses paupières restent fixement closes. Le reste de son visage est détendu. On dirait qu'elle dort.

– Mon adorée.

Le chuchotement de Kaï agit comme un sortilège: instantanément les paupières s'entrouvrent et le beau regard vert de Rébecca caresse les fidèles.

Kaï rit.

Dom adore le rire du maître. Il ne sait pas s'il adore le maître, mais ce rire lui suffit pour voir briller le monde.

Il y a une sorte de *ouffffff* général. Lydie et Claudia ravalent leur salive. Étienne plisse ses lèvres humides autour d'un Amen. Marthe embrasse Marie-Claude sur la tempe, et le maître étend les bras, les yeux emplis d'amour.

– J'empêcherai le Mal de vous atteindre. Le silence est levé.

13

Le maître ne s'intéresse pas aux enfants de la communauté. Il dit que l'enfance est une balle lancée, sa destination dépend de Dieu. Courez, les petits ! Forgez vos caractères ! N'écoutez pas vos parents !

Le maître s'intéresse davantage aux adolescents. Adolescentes. Un sermon en explique la raison. Dom l'a oublié.

Dom a beau être un enfant, trente minutes après sa crise monumentale, le maître le convie dans son bureau pour qu'il fasse un *live* avec lui. En principe, seuls les adultes participent aux *live*. S'approcher de l'ordinateur, une machine plate et lisse que Kaï seul peut toucher, diffuser le sourire des Simples, témoigner de leur vie, réciter un texte sacré… il faut être un peu adulte pour accomplir tout ça.

– Ce soir, tu vas être l'ambassadeur des Simples.

Kaï lui frôle l'épaule, sa main exhale le parfum douceâtre de la marijuana.

– Assieds-toi. Tu as peur, Dominique ?

Dom secoue la tête.

– Pourquoi tu rougis alors ?

Ses dents tordues apparaissent, il est de très bonne humeur.

– T'as aucune raison d'avoir peur, Dominique. De toute manière, entre hommes, je vais te confier quelque chose : ne laisse personne provoquer ta peur, *personne* ! Les invités vont te poser des questions sur tes leçons de mathématiques, à quel âge t'as commencé à lire, tout ça. Ils vivent en Suisse, ils vont nous rejoindre bientôt. Enfin, si tu les *sens*. Tu me diras après s'ils te paraissent intéressants. D'accord ?

Le mot coule si aisément entre ses lèvres. Pourtant, jamais, jamais le maître n'a demandé à Dom s'il était d'accord. À présent, il appuie sur une touche. Le clavier de l'ordinateur s'anime d'une note, s'éclaire, laisse apparaître la photographie d'une vague gigantesque.

C'est beau. Dom se tient si près qu'il distingue les bulles d'air et la mousse argentée mélangée au bleu ardent. Il n'a jamais vu l'océan. Jean-Jean lui a montré une image, une carte postale de l'Atlantique envoyée par son fils Noé qui a quitté les Simples voilà des années. Quel bruit ça fait ? Dom a insisté. Jean-Jean a réfléchi. Ça dépend de la météo, du lieu… Vois si Rébecca n'aurait pas un coquillage, t'y entendras la mer. Rébecca n'avait pas de coquillage et ne voulait pas bavarder ce jour-là. Cherche une coquille d'escargot vide, c'est pareil. Dom avait déjà collé une coquille d'escargot contre son oreille, il ne pensait pas que c'était ça, le bruit de l'océan.

L'ordinateur émet brusquement une série de notes rondes. Kaï se passe une main dans les cheveux et tapote sur le clavier.

– Bonsoir, les amis, on y arrive !

– Bonsoir bonsoir !

Deux adultes et trois enfants agitent les mains. Une table, un buffet, l'amorce d'un escalier en arrière-plan. Les adultes portent les mêmes lunettes, les petits sont timides et tout serrés. Dom se colle à l'écran, les cinq visages remplissent tout, il n'y a plus qu'un bout de la vague, dans le coin à gauche, un crépitement blanchâtre, on dirait de la salive. C'est chouette, dit l'homme, *ah jhfjh hgj*, marmonne sa femme. Dom tente de se concentrer, d'entendre la phrase qu'elle lui adresse, mais le bruit de cette vague, ça doit gronder, claquer, rugir…

– Réponds à la question, fait Kaï, un fond de gravier dans la gorge. Parle, Dominique, le petit chat a mangé ta langue ou quoi ?

Dans l'ordinateur, les gens éclatent de rire et contre l'écran, la vague explose. Pour s'unir au bruit du déferlement, Dom hurle.

14

Le frêne de la forêt d'Yeu est un vieux géant, seize mètres de hauteur, cinq mètres de circonférence, un tronc bosselé, penché et fendu, néanmoins vigoureux. De multiples cicatrices tailladent son écorce, carrefour de nombreux récits. Au village, on prétend que l'arbre a quatre cents ans, un miracle de longévité pour cette espèce. Ada lui rend visite une fois par mois, même au cœur de l'hiver. Elle l'observe et note son état de développement : le débourrement et la feuillaison, la floraison, la dormance. La coloration et l'aspect des feuilles, leur chute. Parfois elle s'imagine l'escalader.

C'est son beau-frère, René Deletang, qui lui avait parlé de l'utilité de la phénologie, notamment dans le cadre du bouleversement climatique. Il suffisait de choisir un individu, de suivre son évolution au fil des saisons et d'enregistrer ses observations dans un site dédié.

Ada s'était délectée du mot individu associé à une plante. En arpentant la forêt située à une trentaine de minutes de La Roque, elle avait considéré toutes sortes d'espèces : champignons et fougères, sabots de Vénus et oseille des bois, chênes, pins, vipères et salamandres. Son choix se porta finalement sur deux mélèzes, un jeune bouleau qui mourut l'année suivante et, au cœur de la forêt, près d'un édifice en ruine, le frêne et les mousses qui colonisaient son tronc. Quelque temps plus tard, sous une frondaison, elle eut la chance de surprendre un couple de circaètes qui fourraient un lézard dans le bec de leur oisillon, elle les choisit aussi. Leur sauvagerie l'enchantait, elle se réjouissait de leur retour chaque printemps.

Malgré la canicule, elle s'est rendue dans la forêt d'Yeu en fin d'après-midi. Rester dans la maison à rejouer chaque minute de la scène avec Becca lui semblait dangereux.

Son bâton de marche à la main et les jumelles autour du cou, elle a arpenté la pénombre parfumée, visité les individus qu'elle observe depuis dix ans et s'est longuement assise près du frêne. Petit à petit, ses pensées ont ralenti. Elle demeurait en colère, mais n'éprouvait plus le besoin de briser quelque chose.

Elle aime ce frêne car il donne à voir ses blessures, chose rare chez la plupart des êtres humains, Ada compris. Aussi, parce que le seul objet qu'elle possède depuis l'enfance est un petit coffre en frêne qui aurait appartenu à son grand-père, mineur né en Irlande. À Ashriver, il contenait ses timbres, des cartes postales, six billes, une clochette en cuivre, le canif rouillé de Jude et quatre disques vinyles. Des dizaines de coquillages, quelques fossiles et de nouveaux vinyles s'y entassèrent lorsqu'elle s'installa à Anglesey. Le coffre héberge aujourd'hui trois carnets de phénologie, les listes d'expressions gaga, des cartes de Noël, une trentaine de dessins d'enfant et les vinyles qu'Ada n'écoute jamais. Le carnet Moleskine où Becca avait un jour consigné ses croquis de marronnier et sa poétique personnelle en a disparu.

Lors d'une visite au frêne l'hiver dernier, Ada a croisé un historien amateur qui s'intéressait à la chapelle en ruine près de l'arbre. Selon lui, le site appartenait autrefois à l'abbaye de Clavas. Le frêne avait dû servir de lieu de collecte de la dîme que le clergé et la seigneurie se partageaient. Que « son » frêne ait pu être témoin du dépouillement ordinaire subi par les paysans attrista Ada. Elle préférait se le figurer au centre de danses lunaires et abritant les ruts païens de quelques chasseurs-cueilleurs inspirés.

L'historien lui avait fait remarquer que l'arbre viendrait sans doute à mourir prochainement, puisque l'espèce était au bord de l'extinction. Un champignon venu de l'est la décimait sur tout le continent européen. Quand l'homme l'invita à dîner, Ada déclina sa proposition, anticipant une soirée d'une tristesse mortelle.

15

Le premier cadeau que Graff fit à une femme était en frêne. Il avait trouvé le bois chez un marchand qui ne voulut pas le lui vendre, il n'appréciait pas les *tiganii.* À la nuit tombée, Graff s'était introduit dans l'atelier sans casser ni le cadenas, ni la porte. Il emporta deux piquets en frêne d'un mètre soixante-dix et passa le reste de la nuit à en poncer les extrémités. Il y creusa les sillons pour la corde qui les assemblerait et termina l'affaire en gravant son prénom en haut d'un des piquets, car il ne voulait pas que la danseuse sur corde l'oubliât. Au petit matin, il considéra son travail et décida que son croisillon en frêne était splendide.

La danseuse sur corde avait étudié le cadeau sans enthousiasme. Derrière elle, ses cousins chanteurs et musiciens s'amusaient de l'intensité du jeune *tigan.* Après avoir noué sa corde au croisillon, la danseuse lui lança un défi. Tu vas tenir l'autre bout entre tes dents et moi je vais y monter. Si ton agrès maintient sa verticalité, si la corde demeure souple et si tes petites dents de voleur ne faiblissent à aucun de mes pas, je te laisserai m'embrasser.

– C'est quoi, ton prénom ? avait voulu savoir Graff, histoire d'imposer son propre rythme à la discussion.

– Raluca.

– Un jour, tu m'épouseras, Raluca. En attendant, je veux bien te tenir par les dents.

16

Ada et Graff se rencontrent près de la rivière. Le ciel a la densité des soirs d'été, un bleu profond strié de violet et de jaune, et l'herbe assoiffée se dilate pour mieux happer la tiédeur.

Immobile sur la berge, Ada savoure le spectacle des hirondelles qui vont et viennent, se gorgeant d'insectes attirés par l'eau.

À quelques mètres d'elle, dissimulé par la topographie vallonnée du pré, Graff agite son fil de pêche de sorte à susciter la curiosité des poissons. Il est posé sur un tabouret pliant, sa jambe plâtrée étendue devant lui, son bras droit en appui sur la béquille. Il n'a rien attrapé pour l'instant et évite de se demander comment il va ramener le fil de son seul bras viable si ça mord.

Ada se déchausse, s'assoit au bord et plonge ses pieds dans l'eau. Elle regrette de ne pas avoir emporté son maillot de bain. À vingt ans, elle courait à poil sur les galets avant de plonger la tête la première dans la mer d'Irlande, insouciante de la température des flots et du regard des pêcheurs. À présent, elle scrute les buissons, la prairie, le petit pont à cent mètres de là. Sa décision est déjà plantée. Il lui faut un temps pour s'y rallier tout à fait. Qui pourrait venir ? Même les gamins du village préfèrent le lac, réputé plus propre que son affluent qui charrie des pesticides.

Elle retire rapidement son tee-shirt et sa jupe et glisse sous la surface de l'eau avec le sentiment de faire le mur. Elle ne s'est jamais baignée à cette heure-ci, et certainement pas en sous-vêtements. Il a toujours fallu lier la baignade à la prière du matin, son adresse à Becca. Quelle folie ! Alors que l'eau est si douce et fraîche et que deux baignades par jour n'est pas une hérésie.

Au bout de quelques brasses, elle décide que ses sous-vêtements sont de trop et les lance sur l'herbe.

Elle nage à contre-courant plusieurs minutes, puis se tourne sur le dos pour se laisser entraîner, les yeux dans la lumière mourante et les rameaux des saules, ses longs cheveux gris en éventail d'argent derrière elle. Elle dépasse l'endroit où ses vêtements attendent et descend encore, s'aidant d'une brasse inversée, oscillant des jambes pour franchir le coude de la rivière. Avançant inéluctablement vers le pêcheur.

Calé sur son tabouret de fortune, Graff pense momentanément qu'il s'agit d'une noyée avant de se rappeler que son fil de pêche dérive là.

– Attention !

La femme virevolte. Vivante.

– Vous avez un permis, monsieur ? Il faut un permis pour pêcher ici.

Concentré sur son fil en nylon, il pousse une interjection incompréhensible.

Ada s'étonne de la connerie de sa question. Son cœur bat exagérément fort, ce n'est pas la peur, l'homme l'a seulement surprise.

Elle fait demi-tour et regagne à la nage son point de départ, attentive à garder ses fesses nues en profondeur. Elle escalade la berge à la va-vite, sa nudité l'agace, des traces de vase sur le ventre, des moucherons sur ses vêtements étalés dans l'herbe. Les sous-vêtements enfilés, elle se sèche avec son tee-shirt, le secoue, le passe, enfile sa jupe, ses chaussures et leurs gravillons. Elle prend enfin un instant pour réfléchir. Elle devrait peut-être aller s'excuser ?

Se déplaçant avec lenteur, car le sol est traître au bord de la rivière, Ada réalise qu'il s'agit probablement du gitan dont Lola a parlé. L'homme du cirque qui campe sur le terrain laissé à l'état de friche à côté de la maison. *Sa* friche.

La friche appartient à la famille Deletang depuis la fin de la guerre. Comme la maison et sa dépendance en pierres grises, comme le site de la scierie et la prairie qui descend jusqu'au cours d'eau, elle fait partie du lot cadastré que Claude Deletang acheta en 1940. Du temps de la scierie, les camions s'alignaient sur ce terrain, écrasant les mauvaises herbes dans les fondrières, défonçant parfois un bout du muret. Après l'accident des parents, après la transformation de la dépendance en cabinet médical et après la faillite de la scierie, laissant la place à une épicerie, puis à une supérette, la friche fut plus ou moins délaissée. Guy ne voulait pas vendre par crainte d'un lotissement. Certains de ses patients y garaient leur voiture. La tradition d'y accueillir les gens du voyage et les petits cirques ambulants remontait aux années cinquante, Guy ne se souvenait plus de la date exacte. C'est une forme de charité, disait-il, tant qu'ils ne restent pas. Une à deux fois par an, le raccordement à l'eau était mis à leur disposition et la barrière servait d'étendoir pour les vêtements et les édredons à aérer. Certaines années, Guy y autorisait aussi l'installation de la vogue.

En longeant la rive, Ada se demande combien de jours le gitan compte rester. Est-il suivi par un médecin, souhaite-t-il se rendre à l'hôpital de Saint-Étienne ? Et comment a-t-il réussi à atteindre la rivière malgré sa jambe dans le plâtre ? Elle anticipe soudain des soucis, une lourdeur.

Parvenue à son niveau, comme l'homme ni ne sourit, ni ne lui adresse le bonsoir, elle voudrait tout simplement qu'il disparaisse.

– Bonsoir. Je suis Ada Deletang. La propriétaire de la friche.

– D'accord, répond Graff.

– La friche où vous êtes installé, je crois.

Elle entend le ton haché et hautain de sa voix, elle est devenue Margaret Thatcher.

Lui la regarde attentivement. Elle a une certaine tenue, quelque chose encore dans le corps qui disparaît habituellement au fil des années. La colère abîme ses yeux bleus ; il la préférait noyée, sorte d'Ophélie antique emportée par les eaux. À ce propos :

– Ton robinet fuit, il faudrait le réparer.

Le tutoiement est un problème linguistique, décide Ada. L'homme a un fort accent et ne maîtrise certainement pas les nuances de la bienséance française (elle-même se trompait dans le temps). Il n'empêche, cette manière de critiquer le robinet qui lui fournit malgré tout de l'eau gratuite, et ce ton, à la fois familier et détaché, tout ça est très agaçant. Elle se redresse. Merci pour l'information. Son époux viendra vérifier l'installation. Comme si l'existence d'un mari pouvait clarifier la situation et décider le type à vider les lieux à tout jamais.

Graff fixe sa ligne. À la surface de l'eau, quelques cercles prometteurs apparaissent avant de s'effacer. Les hirondelles dansent.

– C'est dommage, il n'y a plus grand-chose à pêcher ici, concède Ada.

– Et il faut un permis.

Elle aimerait le sonder, jauger si sa réplique est faite d'humour ou de défiance, mais comme l'homme lève vers elle des yeux innocents et que la nuit descend, elle ne voit d'autre issue que de partir.

Parvenue en haut du pré, elle pense à toutes les choses qu'elle aurait pu lui dire. Qu'il y a un coin plus pratique pour pêcher en aval ; que les Roms sont les bienvenus à La Roque, mais parfois les habitants sont bizarres ; que ses plâtres sont beaucoup trop épais, il existe des matériaux moins encombrants. Elle se dit aussi que son allure a un je-ne-sais-quoi de familier, elle a deviné la couleur de ses yeux avant qu'il ne relève la tête. Aussi, qu'elle aimerait bien savoir qui il est et d'où il vient. Pour lui raconter, peut-être, peut-être, qui elle est et d'où elle vient.

Elle lui écrit déjà. Seulement, elle ne le sait pas.

Dans ta liste de mots, j'ai découvert un terme fabuleux : escapologiste !

Mon frère Jude et moi ne connaissions pas ce mot, pourtant c'était notre religion. Nous étions de ceux qui foncent dehors dès l'aube et veulent pousser plus loin sur les berges, à travers la lucarne, entre les structures colossales et interdites de la mine. À l'école d'Ashriver, quand nos camarades s'agglutinaient sous le préau en sautillant pour se réchauffer, mon frère m'inventait des parcours d'aventure entre les pavés d'ardoise. Il était toujours le premier à franchir la grille de l'école. Et, plus tard, celle de la mine.

Nous aimions la vallée où nous vivions et ne questionnions pas notre existence modeste, l'étroitesse du ciel et la couche de poussière noire qui recouvrait chaque meuble malgré les efforts frénétiques de notre mère. Nous nous échappions, parce que nos corps semblaient faits pour ça et que, chaque matin, le désir de prendre le large s'élevait en nous comme la sève dans l'arbre.

À la différence de Jude, qui était invariablement de bonne humeur, ma prédisposition escapologiste s'accompagnait d'un sentiment de frustration qui s'est manifesté, paraît-il, dès mon arrivée au monde. Une arrivée sanglante, car ma mère faillit en mourir. Trop pressée, j'ai bien entendu violenté sa chair, déclenchant une déchirure du troisième degré, ma tante m'a fourni les détails dès que j'eus l'âge de comprendre. Les points de suture s'infectèrent et ma mère, honteuse, omit de l'exprimer à temps. Première hospitalisation d'urgence. Elle survécut. Moi aussi. La fureur de vivre, pourrait-on dire.

Ma colère de petite fille n'était pas aigre et froide, cette rage-là s'est imposée avec le temps. Elle éclatait, me projetant par terre ou par-dessus la table pour anéantir ce qui l'avait provoquée. Mon petit frère, une voisine, un stylo-plume qui fuyait, un volet bancal. « Angry Ada ! » *chantonnait ma sœur dès que mes joues se vidaient de leur sang,* « angry, angry Ada ».

J'avais neuf ou dix ans quand mon père nous a expédiées, ma sœur cadette et moi, dans un pensionnat proche de Cardiff. Notre mère venait d'être hospitalisée, pour « soigner ses nerfs » m'avait expliqué la voisine. Mes frères eurent la bonne fortune de rester à Ashriver. Rhion, à peine né, fut confié à la voisine, et Jude, mon frère aîné, venait d'être embauché à la mine, une fierté pour mon père, une angoisse de plus pour ma mère.

Le pensionnat n'était pas si terrible. Quatre nonnes, d'anciennes missionnaires, géraient l'établissement avec un optimisme proche de l'inconscience. Le lieu accueillait principalement des orphelines et quelques filles dont les parents tentaient leur chance à l'étranger. (Les mines fermaient, les gens cherchaient du travail en Australie, au Canada, aux États-Unis…) Déjà copieusement éclaboussées par le malheur, les élèves nous toléraient. Certes, les fenêtres des salles de classe vibraient quand passait un camion ou que soufflait le vent du nord, le salpêtre mordait les murs du dortoir et chaque nuit j'enfonçais mes pieds entre des draps qui sentaient le moisi, mais j'avais grandi dans un cottage humide au fond d'une vallée pluvieuse, autant te dire que je ne m'attendais pas à séjourner dans un jardin de roses.

Persuadée que ma mère ne serait hospitalisée qu'une petite quinzaine de jours et que je retrouverais vite Llanfaglan Road, le cottage familial et sa vue sur le terril n° 2, je vécus les premières journées de pension comme une escapade. Me figurant au cœur d'un roman, je vibrais d'impatience à l'idée d'organiser un festin de minuit entre les murs épais du dortoir.

Au bout de neuf jours, nous reçûmes une lettre. Étant donné les « nerfs fragiles » de notre mère, nous resterions un temps indéfini à l'internat. (Mon père ne faisait pas dans la dentelle.) Gladys accueillit la nouvelle avec la résignation qui la caractérisait et formait déjà un abîme entre nous. Moi, je décidai de m'enfuir.

Ma première idée fut d'envoyer un avertissement quotidien à mon père : S'il ne venait pas nous délivrer le lendemain, je mourrais, ou pire : je rejoindrais les gypsies *!*

Catherine Reilly, autorisée à se rendre en ville trois soirs par semaine pour des cours de sténo-dactylo, se chargea de poster mes lettres. Mon argent de poche remboursait les timbres. Argent de poche que mon père nous avait tendu à la dernière minute : « Les nonnes vous laisseront sûrement acheter des bonbons. »

Au bout d'une quinzaine de jours, je dus me rendre à l'évidence : soit mon père se moquait éperdument que sa fille rejoigne les gitans, soit il ne recevait pas mes courriers. Je me figurai une dizaine d'enveloppes abandonnées dans une poubelle et Catherine Reilly se gavant de bonbons. Elle démentit mon soupçon. Je visualisai mes lettres en cendres dans l'âtre du cottage familial et mon père buvant une bonne tasse de thé en compagnie de ses fils. Je n'ai jamais osé lui en parler. À sa mort, quand je dus vider le cottage, je trouvai la dizaine de lettres dans une boîte à thé. J'aurais voulu m'excuser. Recevoir des menaces de sa fille alors que sa femme déraille n'a pas dû être amusant.

Ma seconde idée fut de faire le mur. J'avais la certitude qu'il suffisait de me pointer à Llanfaglan Road pour réchauffer le cœur bourru de mon père et modifier notre destin. Je rassemblai dans une taie d'oreiller mes cahiers, un roman et trois saucisses froides dérobées pendant le repas, nouai la taie à un manche à balai trouvé dans les sanitaires et cachai mon balluchon sous mon manteau dans le hall d'entrée. Je partirais la nuit même, lorsque les nonnes ronfleraient dans leurs chambres spartiates et que les pensionnaires dormiraient à poings fermés, épuisées par la vie collective. Je n'avais pas partagé mon projet avec Gladys, trop jeune et sage pour comprendre.

Je me revois sous mes couvertures à fixer le cadran de ma montre avec ma lampe torche (chaque élève recevait une lampe pour se rendre aux toilettes sans réveiller tout le dortoir). J'avais enfilé deux maillots de corps, un sous-pull et un collant sous ma chemise de nuit. Je dus m'endormir car, lorsque je rallumai ma torche, échevelée, en sueur, sous les épaisseurs de laine, je vis qu'il était minuit passé. La ville était endormie et la nuit, d'une opacité glaciale à travers les vitres du dortoir. Je courus à pas de souris jusqu'au hall où j'attrapai mon manteau et mon bonnet, le balluchon me semblait trop encombrant.

Nul besoin d'escalader le mur, le portail ne possédait pas de verrou. Je glissai, fantomatique, dans une rue désertée même par les chats errants. Je dus marcher dix bonnes minutes, une éternité dans la nuit, avant de m'abriter à un arrêt de bus, prête à attendre le lever du jour et mon « Ticket to ride ». *The Beatles ne l'avaient pas encore composée, sinon je l'aurais fredonnée pour me donner du courage.*

Combien de temps dura l'attente ? Je me revois recroquevillée sur le banc, dans l'abri, déchirée entre l'envie de pleurer et celle de poursuivre l'aventure. Quoi qu'il en soit, alors que mon corps s'acclimatait au ciment froid et que la somnolence me gagnait, j'entendis une suite d'insultes furieuses. Il était question de putains, de salopes et de trahison. Le gueulard, visiblement éméché, titubait dans ma direction, tirant derrière lui un chariot. Il portait un chapeau noir. « C'est un gitan ! ai-je pensé, affolée. Papa a envoyé un gypsy *pour me tester ! » L'homme marqua un temps d'arrêt, me sourit, et mon angoisse monta d'un cran. « Mais qu'est-ce que tu fais là ? aboya-t-il. Retourne te coucher immédiatement ! » Ce que je fis, soulagée.*

Le lendemain, la mère supérieure nous annonça l'arrivée imminente de notre père, car maman était guérie. Mon esprit d'enfant y vit naturellement un lien de cause à effet. Ma fugue avait libéré de façon quasi tellurique le nœud qui étranglait les nerfs de ma mère. « Le Seigneur se meut de façon mystérieuse », nous dit la mère supérieure. À l'époque, et aujourd'hui encore, je préférais le proverbe : « Où il y a une volonté, il y a une voie. »

Mon amour, je me demande si tu recevras cette lettre, si ton amie Cindy la fera suivre ou si elle la gardera dans un coin de son camping-car sous un galet ou un presse-papier en verre.

Te dire aussi : face à l'étendue marine, il m'arrive de ne plus différencier l'eau du ciel. J'ai l'impression que l'horizon entre en moi.

(*Extrait des lettres d'Ada*)

17

Ada a emporté un verre de vin et une assiette de fromages de chèvre dans le jardin à l'arrière de la maison. Les lampes extérieures sont éteintes. Elle ne veut pas déranger les chauves-souris entrant et sortant de dessous le toit. Et elle ne veut pas que le gitan la devine derrière la haie à attendre son retour.

Le claquement sec de la barrière de la friche l'envoie se poster devant les sorbiers. Les feuilles racornies laissent apparaître sa silhouette massive, la béquille sur laquelle il pèse, le tabouret en bandoulière, le sac en plastique vide suspendu à son poignet. Il a beau claudiquer, il marche droit.

C'est son dos qui le révèle. Ada le reconnaît.

Il y a vingt-cinq ans, à Anduze, la vue de ce dos l'avait défaite. Ada cherchait un atelier de poterie et soudain, au détour d'une rue, la troupe de circassiens lui était apparue. Les clowns, les jongleurs, les jolies acrobates, et sur un fil tendu entre deux platanes : la gravité et la grâce. Le funambule s'éloignait d'elle. Sans balancier, sans accessoire, rien qu'un homme d'âge incertain se mélangeant à l'air, son élément. L'intensité lente de sa course défiait l'agitation festive au sol. Les yeux levés vers lui, Ada s'était entendue chercher les mots pour le définir. Elle y reviendrait, elle le devinait, ces mots-là pouvaient la rendre plus vivante. Mais seules ses mains pouvaient définir le funambule. Seules ses mains savaient dessiner la densité de ses épaules, la tension de sa nuque, l'orgueil de ce dos trop visible sous la matière soyeuse de sa chemise.

L'inconnu atteignait déjà le bout du filin. Il agrippait l'échelle souple qui le ramènerait en bas parmi la foule. Ada n'avait toujours pas vu son visage. Une fraction de seconde, l'équivalent d'un éblouissement, elle avait songé à le rejoindre. À se donner.

Elle s'était ravisée. L'atelier de vases. Le but de sa visite, après tout. De l'inconnu sur le fil, elle préférait rêver. Désirer secrètement évite la dureté du réel. « Demain et demain et demain… »

Pourtant, le revoilà à quelques mètres d'elle.

La vieille femme retourne s'asseoir. Elle sirote son verre de viognier et croque un bout de chèvre. En observant la nature, elle a appris qu'il y a une multiplicité de mondes et un nombre infini de liens visibles et invisibles entre les êtres vivants. Qu'il existe sans doute une infinité de coïncidences aussi. Vouloir les expliquer serait une perte de temps. C'est un fait : le funambule s'est installé sur sa friche.

Ada s'entend rigoler. Un rire bas et rauque qui heurte les chauves-souris et freine leur vol erratique dans la nuit. La vie est étonnante et folle.

18

Certaines nuits, Dom se lève et traverse le hall pour gagner le dortoir des femmes.

Immobile, suspendu aux notes de leur sommeil, il écoute.

S'il n'entend pas le souffle de Rébecca, il fait demi-tour, titubant dans l'obscurité à la manière d'un somnambule confus. Ce soir, il perçoit sa respiration et se faufile dans son lit sous les couvertures, tout contre son dos, le visage dans le creux de ses omoplates qu'il nomme ailes et qu'il entend se déployer autour de lui.

La respirer suffit.

II

Déséquilibres

« One day, baby, we'll be old.
Oh baby, we'll be old
And think of all the stories
that we could have told. »

Asaf Avidan, « One Day »

19

La rumeur s'anime aux aurores.

Une passante remarque sur le trottoir devant la friche un sac-poubelle déchiqueté, l'œuvre d'un chat, d'un chien ou d'une fouine. Plusieurs cadavres de bouteilles, des mètres de bandage verdâtre, des mégots à foison, une carotte, une boîte de conserve… répandus au pied du muret. La passante soupire et plisse les yeux en direction de la caravane. La lucarne en est éclairée. Combien de temps l'étranger compte-t-il rester ?

20

Ada a terminé sa baignade et remonte le pré quand elle entend le téléphone résonner dans la maison. Elle refuse de se presser, si c'est important, ils rappelleront. Elle s'arrête devant la haie pour inspecter du regard la friche : la pauvre jument erre seule.

À peine deux œufs brisés dans la poêle, le téléphone sonne de nouveau. Ada éteint le feu et décroche.

– Madame Deletang ?

– Oui.

– Oui bonjour madame c'est le SICTOM de la commune. C'est à cause du sac-poubelle laissé sur la voie publique. Vous avez eu un problème de bac ?

– Non. Pardon. Vous êtes qui ?

– On peut pas déposer par terre les ordures, madame Deletang ! Il faut les placer dans le sac dans le bac jaune ou le gris. Vous avez toujours vos bacs, vos *containeurrrrs* ?

L'homme parle trop fort. Il croit s'adresser à une sourde, à moins qu'il ne s'agisse d'une Anglaise demeurée ?

– Madame Deletang ?

– Oui.

– Donc y a des voisins qui nous ont appelés à cause des déchets dans la rue ce matin. Vous hébergez une roulotte, c'est ça ?

– J'héberge une personne.

– Faudrait qu'il s'inscrive pour avoir un bac alors. Deux même. Ou que vous partagiez avec lui, du coup vous allez payer plus cher, vaudrait mieux qu'il achète le bac, deux même. Ou sinon une carte pour les bacs à accès contrôlé. Y en a un à côté de la mairie. On lui donnera une…

– Qui s'est plaint ?

– Comment ?

– *Qui* s'est plaint ?

– Vous savez, madame Deletang, la commune verbalise les habitants qui respectent pas les consignes, en plus je vois que vos bacs à vous, c'est les anciens modèles, faudrait commander les nouveaux, les anciens, ils sont pas sécurisés, maintenant on a les bacs individuels, vous les ouvrez avec un code…

– Mes bacs me conviennent parfaitement, merci.

– … pour que les étrangers, ils puissent pas y mettre leurs déchets, comme ça vous payez que le poids de…

Elle raccroche. Raccrocher au nez d'un homme qui hurle la met en joie. Elle verse les œufs flétris dans la poubelle, rallume le feu sous la poêle et reprend la préparation de son petit déjeuner. Elle se demande s'il convient de dire bohémien, Rom ou Tsigane.

21

Sous l'autorité des croix huguenotes, les pierres tombales du cimetière édictent une suite de versets et de vertus. Fidélité. Dévotion. Charité. Ada préfère s'imaginer réduite en cendres et jetée au vent.

Elle débarrasse les dahlias desséchés sur la tombe de Guy et tente d'accéder à un semblant de tranquillité qui ne se présente pas. L'image du funambule dans la nuit lui revient, la densité de sa silhouette, la douceur de ses gestes lorsqu'il conversait avec la jument.

Elle se déplace à l'ombre en songeant que des veuves plus aimables s'agenouilleraient, elles, en plein cagnard pour raconter à leur défunt les petits événements de la semaine. Ce matin, j'ai raccroché au nez d'un type de la voierie, c'était très amusant. Hier, j'ai croisé le funambule. Celui de qui je rêvais lorsque tu me faisais l'amour. La vie est une surprise, non ? Je crois que je vais bientôt acheter un chapeau rouge et un manteau violet.

Guy se rendait au culte protestant chaque samedi. Tu devrais m'accompagner, Ada. Il faut se faire aimer par les gens avec qui l'on va vieillir. La vie lui a donné raison, on l'a bien traité à la clinique, on l'a aidé à mourir dignement.

L'infirmière lui avait téléphoné à neuf heures trente du matin, un horaire raisonnable, un horaire qui ne dérange pas : « Votre mari n'a pas traversé la nuit, madame Deletang. » Ada avait apprécié la litote.

« Médecin dévoué, député-maire fidèle, père aimant » dit la pierre tombale. Ne trouvant pas les termes pour le définir en tant qu'époux, Ada s'était contentée de faire graver ses trois fonctions, tant pis pour les ragots qui en découleraient. Homme cérébral et calme aux longues jambes maigres, Guy a toujours été un vieux-jeune, davantage pétri de pragmatisme et de certitudes que remué par le sang et la sueur. Face aux existences turbulentes de ses patients et aux rivalités dans le clan Deletang, il aspirait à une maisonnée tranquille, rythmée par la routine. Ada s'était laissée couler dans cette ritournelle domestique comme dans un bain de lait. Quand elle avait besoin de stimulation, elle ouvrait un livre ou s'immergeait dans la nature, une bibliothèque en soi. Malgré l'assiduité de son mari, son corps avait respecté son refus de devenir mère. Et vivre à deux n'était pas si difficile. Quand Guy ne terminait pas trop tard, ils se promenaient à la tombée du jour, empruntant le chemin qui descend vers le pont et le petit bois, une boucle d'une quarantaine de minutes. Un soir, Guy observa que leur relation était étrange. Tu as gardé tes distances, Ada. J'avais imaginé qu'avec les années la proximité viendrait. Ada ne sut que répondre. Et si cette distance c'était moi ? avait-elle pensé, un élément aussi caractéristique que la taille de mes poignets ou le bleu de mes yeux ? Guy lui avait attrapé la main : Ce n'est pas grave, au moins tu es là.

L'arrivée de Becca avait tout changé. Un enfant, c'est une déflagration, ça déroute les habitudes, ça impose un passé et convoque un avenir. Ada avait quarante-six ans et des cheveux blancs. Guy s'était réjoui de cette paternité inattendue. Des parents vieux sont des parents sages ! disait-il au ventre arrondi de sa femme, on va être bien.

Près d'une tombe recouverte de roses en plastique, une vieille femme tricote, posée sur un tabouret pliant. Ada lui fait un petit signe de la tête. Tricoter par cette température lui semble incongru, même si le carré catholique est baigné par l'ombre des cyprès.

– Becca Deletang ! C'est toi, le joli petit accident ?

L'institutrice avait interpellé par ces mots l'enfant lors de sa rentrée en CP. Le lendemain matin, Guy l'accompagna à l'école. À l'institutrice : « Appelez encore une fois ma fille un accident, et je vous jure qu'il y en aura un, d'accident ! »

Ils en avaient ri ensemble le soir. C'est vrai qu'ils étaient bien au début. Pourtant, déjà, trop tard, ils se rataient.

Ada avait encouragé Guy à participer à des séminaires sur les thérapies préventives à la fac de Saint-Étienne. Elle l'avait rassuré, les soirées en tête à tête avec Becca seraient agréables, il fallait seulement qu'il fasse attention aux routes verglacées.

En vérité, il rendait visite à sa maîtresse, une chanteuse stéphanoise passablement douée. Guy avait toujours été fasciné par les chanteuses, en particulier par Jane Birkin et Vanessa Paradis.

Ada s'était rendue en larmes chez René qui l'abreuva de whisky et s'étonna de sa naïveté : pourquoi aspirer à la fidélité au bout de vingt ans de mariage ? Il réussit ce soir-là à la faire rire, figurant son frère, maigre et misérable Don Juan juché sur un tabouret de bar pendant que sa maîtresse interprétait le répertoire interminable qu'il connaissait par cœur. Dans la foulée, René proposa à Ada de venir travailler avec lui ; il ouvrait sa librairie et fondait dans le même mouvement une maison d'édition dans une ancienne église du Haut-Vivarais. En la raccompagnant à sa voiture, il lui déclara qu'elle avait choisi le mauvais frère. Ensemble, ils se seraient bien plus amusés.

Ada se rend compte qu'un rapace piaule depuis un moment. Elle scrute le ciel pour l'identifier. Vu l'envergure des ailes et la queue arrondie, elle décide qu'il s'agit d'une buse variable, spécimen rare qui la met en joie. Elle a récemment lu que les enfants d'aujourd'hui sont capables d'identifier cent types de Pokémon, mais ne savent pas faire la différence entre une mésange et un moineau.

La chanteuse était un caprice, une crise, une confusion, avait protesté Guy. Amusée par ses allitérations, Ada lui annonça qu'elle ne le quitterait pas. Ils pouvaient vivre en bonne intelligence tant que ces confusions ne gênaient en rien leur rôle de parents. Paradoxalement, leur relation s'était allégée.

La vie semblait encore maîtrisable à l'époque, même cinq ans plus tard, quand Becca s'enchaînait aux arbres et renversait les meubles de rage, que ses professeurs se plaignaient de sa « transparence », terme exécrable, et que ses tantes la jugeaient *ni peu ni assez*, la vie semblait quand même stable. Becca est singulière, Ada s'entendait dire, c'est une qualité, la singularité.

Interne au lycée à Saint-Étienne, Becca cultivait les dreadlocks et s'échappait le week-end pour militer à la ZAD de Roybon. Guy se plaignait du regard des patients, des ragots, de l'ironie qu'il y avait à briguer la mairie quand sa fille diffamait le préfet à coups de graffitis séditieux.

Ada temporisait. Au même âge, elle aussi déconnait. Ce n'était pas vrai : au même âge, Ada s'emmurait dans le silence et balançait des galets dans l'océan.

Peu à peu, Becca prit ses distances avec eux, cessant de téléphoner, remontant à La Roque un week-end sur quatre. Je vis ma vie, je rentrerai à Noël ! Au moins on a la paix, répliquait Guy, affectant la désinvolture, le détachement, l'indifférence.

Becca était revenue d'un coup. Les dreadlocks propres, anormalement calme. Terminé les études, terminé la ZAD, terminé les conneries : elle fréquente Noé Boisan, ce garçon incolore qu'elle ignorait royalement quand ils allaient au même collège. Le dimanche, elle l'accompagne chez les Simples, une communauté religieuse nouvellement installée au domaine de Malerne, à quelques kilomètres de La Roque. C'est toujours mieux que la défonce et l'activisme, affirmait Guy. Tu vois bien qu'elle n'est pas elle-même ! Je le sens dans mon ventre, lui opposait Ada, pétrie d'angoisse.

– Toi et ton ventre !

En septembre 2012, la veille de ses dix-huit ans, Becca leur téléphona. Je reste à Malerne. Le maître m'accepte, il comprend tout.

Guy menaça les Simples d'une plainte auprès de la Miviludes. Au bout du fil, une voix chaleureuse l'informa que la communauté n'était pas répertoriée sur la liste des sectes et que sa fille était majeure.

Deux, trois fois par semaine, Ada allait tambouriner au portail de Malerne. Jamais on ne lui ouvrit, jamais Becca n'apparut dans l'entrebâillement.

En novembre, elle leur écrivit : Laissez-moi. Vivre sous Son toit est ce pour quoi je suis née. Elle signa Rébecca. L'enveloppe était estampillée : *Alors viendra la fin.*

Ada avait cherché de quel verset ces mots étaient tirés. Pour tenter de comprendre, elle avait parcouru les Psaumes, lu les paraboles. La couverture noire de l'Ancien Testament sur la table de la cuisine leur donnait la nausée, Guy lui dit de le ranger, Ada le jeta. Elle avait imaginé d'intégrer les Simples pour convaincre Becca de les quitter. Tu divagues, la coupa Guy, de toute façon ils ne voudraient jamais de toi.

Ils s'accusaient, se défendaient, se culpabilisaient, ne parvenaient plus à échanger, chacun une solitude. Guy passait le plus clair de son temps à la mairie et dans les réserves de chasse, une passion tardive. À force de silence, la maison était devenue inerte, comme ensevelie par les cendres âcres et amères qui étouffaient autrefois Ashriver.

Pourtant, quelques semaines après son AVC, quand Guy lui déclara qu'il l'avait toujours aimée, Ada se rendit compte qu'à sa manière, elle aussi.

Avant de quitter le cimetière, Ada ramasse deux morceaux de lauze et les frappe l'un contre l'autre. Guy disait que ce geste produisait le son mat et magnétique de la montagne.

– Hier j'ai croisé le funambule, Guy. La Providence a le sens de l'humour, non ?

Près des tombes catholiques, la tricoteuse lui offre un léger mouvement de la tête.

22

René Deletang habite une ancienne ferme en granit en contrebas du mont Mézenc. Malgré l'affection qu'elle porte à son beau-frère, Ada évite de lui rendre visite en hiver quand les courants d'air glaciaux traversent les murs tels des esprits vengeurs. Estimant qu'une bouteille de rhum par jour suffit pour combattre le froid, René ne chauffe que son atelier. Le rhum protège également du soleil en été. Voici trois ans qu'il a cédé la librairie et la maison d'édition à son ex-femme pour se consacrer à l'escalade dans la Drôme et à la peinture à l'huile. Ses portraits de pitons rocheux et de fractures géologiques laissent Ada perplexe. Elle a été étonnée d'apprendre qu'un tableau de René s'est vendu mille deux cents euros lors de la foire d'art contemporain à Lyon l'année dernière.

En traversant la maison, elle remarque la propreté du sol. La femme mandatée par les services sociaux a dû passer. À travers la porte-fenêtre ouverte sur le jardin, elle aperçoit son beau-frère allongé sur une chaise longue sous le tilleul. Il est nu et lit *Le Monde*.

– Viens, ma chérie, je suis visible, vivant et visitable, crie-t-il, aplatissant les *a* en une exagération de l'accent stéphanois qu'il cultive par snobisme.

Ada l'embrasse, s'installe dans le fauteuil en rotin et contemple le jardin en herbe. Il fait trop chaud pour tailler les buissons, son passe-temps favori quand elle vient ici. René s'en va préparer de la citronnade, elle lui a demandé de ne pas y glisser un trait de rhum et de passer un kimono, sa nudité la dérange non parce qu'elle le trouve repoussant, mais parce qu'il reste malgré tout son beau-frère.

Elle retire ses chaussures, ferme les yeux, là, le picotement de l'herbe rêche contre sa peau et le vrombissement entêtant d'un bourdon, il doit y avoir un nid pas loin.

– Il paraît que tu héberges un Rom malade ?

René pose le plateau par terre. Malgré son isolement, il suit avec passion les affaires locales. Ada le soupçonne de lancer des ragots pour voir en combien de jours ils lui reviendront déformés.

– Il n'est pas malade. Il est tombé d'une échelle.

Elle sourit des trois pétales de rose déposés à la surface de la citronnade. René le romantique.

– Guy doit se retourner dans sa tombe, s'amuse-t-il.

– Ah ?

Le parfum de la végétation la rend paresseuse.

– Quand on était mômes et que des forains campaient sur la friche, notre mère nous obligeait à aller donner nos jouets aux gamins. Guy avait peur d'attraper des maladies. J'avais honte de mes cheveux bien peignés et des nounours dont ils se foutaient éperdument.

– Tu ne rêvais jamais de les suivre ?

– En théorie, oui. En pratique, ils me terrifiaient.

– Au Pays de Galles, on menace les enfants pas sages d'être donnés aux *gypsies*. Les enfants anglais, eux, sont envoyés chez les Gallois.

René sourit.

– On est tous le Gallois de quelqu'un… Quoi qu'il en soit, Jacques m'a appelé ce matin, il trouve que la friche cause trop d'ennuis, que c'est bête de payer des impôts là-dessus, on devrait vendre…

– « On » ?

René se marre et lui dit de boire sa citronnade, les glaçons vont fondre. Il n'y peut rien si le clan Deletang joue toujours la mouche du coche.

– C'est Jacques qui t'a parlé du Rom ?

Son beau-frère appuie le verre froid contre sa joue mal rasée.

– Tu es belle dans cette robe.

– Tu es beau dans ce kimono.

– Je suis tellement vieux que j'ai cessé de vieillir.

Ada se lève pour effleurer la boule de lavande, seule rescapée d'un carré d'herbes aromatiques planté par l'ex-femme de René.

– Tu veux que j'arrose un peu ? Tout meurt.

– Ne sois pas si négative.

Elle va remplir un arrosoir et baigne les plantes assoiffées, mauvaises herbes comprises.

– Écoute, Ada, les cousins n'aiment pas les gitans parce qu'ils sont racistes, on ne les changera pas. Chez nous, c'était différent. Notre mère nous rappelait qu'il faut respecter les étrangers, parce qu'ils nous avaient aidés dans le temps. J'ai dû attendre la majorité avant qu'on m'affranchisse de l'histoire.

Ada respire ses paumes parfumées en revenant près de lui.

– Quelle histoire ?

– Guy ne t'a jamais raconté ?

– On parlait peu du passé.

– Le passé est un prologue pourtant. Après la guerre, notre père a été accusé de collaboration car les Allemands lui achetait du bois de chauffe. Les vieilles querelles, les jalousies, les rumeurs, tout est remonté, même certains cousins ont témoigné contre lui. Puis un Tsigane a envoyé une lettre. Claude l'aurait caché dans la grange du Haut-Morel en 1943. Lui et trois femmes, juives probablement. Mon père vendait du bois à l'ennemi tout en cachant ceux que l'ennemi persécutait. C'est le paradoxe sur lequel la réputation des Deletang est construite. Régulièrement, ça remonte.

– Elle est où cette lettre ?

– Chez le notaire, il me l'a montrée après la mort de Guy.

– J'aurais aimé la lire…

– Ce n'est pas ton histoire, mais la mienne.

Ada imagine Guy assis dans l'herbe près d'eux. Son beau regard se serait détourné, il aurait quitté la conversation et elle n'aurait pas insisté. Les gens parlent davantage aujourd'hui. Ils expriment leurs doutes et décortiquent les secrets. Guy, lui, ne voulait pas parler. Il était un homme sensible malgré tout. Il ne se moquait pas de ses fautes de français. Il évitait la route des terrils quand ils se rendaient ensemble à Saint-Étienne. Et il ne jugeait jamais sa peur de l'obscurité. Quand mourait l'ampoule de la lampe de chevet, il la remplaçait bien qu'il préférât dormir dans le noir.

Ada se baisse et invite sur le bout de son doigt une coccinelle égarée dans l'herbe.

– Ce n'est pas la friche, le problème, c'est la maison que je devrais vendre.

– Tu veux partir, Ada ? Les oiseaux de ton jardin vont déprimer. Qui témoignera de la vie palpitante des circaètes et de ton fameux frêne ? Et moi surtout, qui s'occupera de moi ?

Il ne mentionne pas Becca, dont le prénom flotte, lancinant, autour d'eux.

Ada lui rétorque que les circaètes vont bientôt regagner le Sahel et que le frêne est probablement malade, elle craint que la chalarose ne le détruise.

– C'est beau, ce mot. Chalarose. C'est poétique.

– C'est une saloperie. Le frêne est en voie de disparition.

– Comme moi.

Ada observe la valse de la coccinelle autour de son pouce.

– On dit Rom ou Tsigane ou bohémien ? Qu'est-ce qui est correct ?

– Demande à ton invité. Allez, j'ai besoin de réfléchir maintenant.

Il attrape le journal et ferme les yeux.

De nouveau, le vrombissement urgent du bourdon. Becca partirait en courant. Ces insectes la terrorisaient. Ada avait beau lui répéter de rester immobile, la petite criait, renversait sa chaise, cela exaspérait son père. On ne sait pas si tu as peur ou si t'es en colère, bon sang !

– J'ai peur-rage, ripostait-elle, comme des fois je suis rire-larmes !

Ada sourit. La coccinelle remue ses ailes, s'échappe, s'envole.

René ronfle délicatement, le visage abrité du soleil par *Le Monde*. Elle enfile ses chaussures lestées de cailloux et ramène le plateau dans la cuisine avant de quitter la maison.

23

En 2001, au marché du Puy-en-Velay, une Gitane saisit la paume de Becca pour y lire les lignes. Quand Ada l'avait instinctivement tirée contre elle, l'enfant s'était dégagée d'un geste impatient. La diseuse de fortune, jupe écarlate, bijoux aux bras et nattes tressées d'un fil d'or, fouilla sa main quelques secondes avant de lui annoncer une ligne de vie solide et profonde. La fillette vivrait plus longtemps que la vieille Gitane elle-même ! Subitement soulagée, Ada lui avait tendu cinquante francs, une somme folle pour un tour de magie ambulant.

Cinquante francs pour éprouver cette paix, même passagère, cinquante francs pour se raconter que les drames ne se répètent pas, qu'on peut aimer sans risquer de perdre.

Becca accueillit le présage avec équanimité. À cinq ans, que pouvait-elle bien attendre de la mort ou de la vie ? Il n'y avait que le présent et la place médiévale resplendissante de merveilles : les bagues brillantes de la femme, la musique de la fanfare, la montagne d'artichauts géants, les écharpes multicolores nouées à des cintres à tête de chat, et ce carnet, ce beau carnet à couverture bleue…

Huit ans plus tard, Becca s'enchaîna au tronc du marronnier en face de la maison. Le déboisement, ce fils bâtard de la civilisation, écrit au feutre rouge sur une pancarte à ses pieds. La commune venait de voter l'abattage de l'arbre pour agrandir la ruelle.

Le premier soir, Ada s'installa à la fenêtre de sa chambre pour ne pas quitter sa fille des yeux. Comment peux-tu tenir, assise là des heures durant, le regard en feu, à treize ans ? Adossée au tronc, Becca lui offrait des signes furieux. Dans la nuit, Ada se souvint du carnet Moleskine bleu acheté à la foire. Après quelques dessins de bonshommes et de maisons, Becca l'avait délaissé, pourtant le carnet trônait encore en haut de la bibliothèque, évocation d'une période plus paisible.

Au petit matin, Ada traversa la ruelle avec une tasse de thé, un bol de cornflakes, des crayons et le carnet. Hésitante. Elle était souvent hésitante avec Becca.

– J'ai pensé que tu pourrais dessiner… ou écrire. Pour faire passer le temps.

L'adolescente semblait anormalement égayée par sa présence.

– Tu crois que je vais gagner ?

– Je te trouve courageuse en tout cas.

– J'ai plein de pensées dans la tête. Je me disais que les émotions vont toujours par deux. C'est impossible de ressentir une seule chose à la fois.

Ada avait acquiescé, subitement bouleversée par l'intensité de cette créature singulière. Sa fille.

– Bon. Laisse-moi tranquille, sinon ça fait pas sérieux, conclut Becca, la bouche pleine de cornflakes.

De la fenêtre, Ada la regardait écrire. Page après page. Déverse ta rage, pensait-elle, ça te fera du bien. Les gens du bourg passaient au pied de l'arbre, lisaient le panneau, félicitaient la jeune fille. Ensuite elle reprenait son carnet.

Quatre jours et trois nuits elle veilla, d'autres jeunes la rejoignirent, la boulangère leur apportait des sandwichs et des cafés. La commune finit par renoncer au réaménagement.

Des mois plus tard, Ada découvrit le carnet sous l'oreiller de sa fille. Elle l'ouvrit rapidement, s'en voulut. Les journaux secrets doivent rester secrets. Elle n'y vit aucun jet de rage, seulement des dizaines de croquis du marronnier et un inventaire. Les paires d'émotions de Becca.

Les guêpes, les disputes, les rumeurs, la fin du monde, l'indifférence, le redoublement, la construction de la supérette, les mensonges, les silences de ma mère, la lâcheté de mon père et quand il dit « la douleur est corollaire du geste », les génocides, les pesticides, les sms incompréhensibles, le déboisement, le déracinement, la pollution, les champs scindés en deux par l'autoroute, l'infidélité, l'aveuglement, le mensonge déclenchent la PEUR/RAGE.

PITIÉ/HONTE

La disparition de Coolcat, les poux, les gens qui déjeunent tout seuls, le déboisement, le déracinement, les gens malades, les migrants, escalader, ~~mes crises de nerfs~~, l'école, la mort du chiot dans la voiture, danser…

RIRE/LARMES

L'éclipse solaire, la fête foraine, les solos de trompette, les tempêtes, les bébés, les feux de camp, les documentaires animaliers, les balades en montagne, un vieillard qui danse, le concours d'athlétisme, mes crises de nerfs, l'achat du scooter pourri qui est mort en quatre jours, la chanson L'Aigle noir, les bâtisses en ruine où les orties reprennent leurs droits…

DÉGOÛT/FASCINATION

Les tasses ébréchées, les bijoux égarés, ~~les ivrognes~~, les bagarres, l'odeur des autres, les peaux mortes, les pentes raides, l'obscurité, tomber, mourir.

AMOUR/PAIX : ses yeux bleus, le son de la pluie, la neige qui tombe, soleil sur paupières, quand il rigole, tasse de thé ~~sucré~~, le mot « cariad », la mousse sous mes pieds.

24

Son premier fil tendu était une cordelette en boyau enjambant une rivière. Graff n'a pas vu la corde, mais la femme qui y dansait. Elle se nommait Raluca Racoviță.

Accompagné d'un cheval osseux et docile, il prospectait la rive qui longeait le quartier rom. Parmi les bouts de drap, fils de pêche, bâches éventrées, parfois un chou ou la dépouille gonflée d'un animal, il cherchait du métal qu'il triait sur place et transportait dans des sacs attachés à la selle de son cheval. Cette portion de la rive était la sienne. Une enfilade boueuse pour laquelle il s'était battu au couteau contre une dizaine d'autres gamins du quartier. Le travail consistait à traquer le métal. Tout se vendait, la vie était un marché, Graff avait quinze ans.

La cacophonie d'une clarinette en amont du ruisseau dérangea le cheval qui se mit à reculer. En relevant la tête des hautes herbes, Graff découvrit une fanfare sur la berge et une silhouette incongrue suspendue au-dessus de l'eau. S'approchant pour comprendre, il vit le fil tendu. La fille s'étirait à présent sur un seul pied, sa jambe aérienne pointant les arbres, son ombrelle virevoltant pour étourdir les nuages. Trois mots traversèrent l'esprit du garçon. Fleur. Putain. Ange.

Fleur, en raison de son accoutrement tapageur. Jupon blanc froufrouté de voiles roses, corset vert imprimant l'étroitesse de sa taille, bibi rehaussé de plumes et de fougères, ombrelle blanche, chaussons noirs. Graff n'avait jamais rien vu de semblable.

Le mot putain vint sans doute du désir qu'il éprouva immédiatement pour elle. Deux mois plus tôt, une prostituée habitant le troisième étage l'avait dépucelé en guise de cadeau d'anniversaire.

Ange, en raison des ailes qu'il visualisait dans son dos et parce que son apesanteur prodigieuse lui évoquait une icône clouée au mur de l'appartement familial.

Graff voulut immédiatement étudier la paire : le fil, la fille. Le fil d'abord. Sa nature et sa densité, la tension capable de supporter le corps en mouvement, la technique d'attache au croisillon de bois sur la rive opposée et au tronc du chêne de son côté.

Il écarta les spectateurs pour s'aligner avec le tronc, directement sous l'arceau attelé à la corde, et pile dans la ligne de mire de l'ange pute fleur. L'assurance de ses chaussons noirs, leur jeu d'équilibre déséquilibré, l'oscillation fiévreuse du corps entre l'inconscience et la rectitude… elle est folle ! songea-t-il. Et Raluca, s'offrant avec délice au risque de chuter, ne quittait pas des yeux le jeune *tigan*.

Parvenue au bout de sa course, elle souleva un chœur d'applaudissements en lançant son ombrelle aux spectateurs.

Graff lui offrit une main orgueilleuse pour sauter à terre. La saltimbanque l'ignora, s'étira pour attraper une branche du chêne, s'y enroula et se suspendit par les talons en riant.

Le vertige de ses cuisses pâles.

Ils s'étaient tant aimés, songe Graff, avachi sur les marches de la caravane. Aimer ainsi, aimer si bien, ce n'est pas donné à tout le monde. Il s'était cassé deux dents lors de l'épreuve du croisillon en frêne, mais ils avaient fait l'amour le jour même. Ensuite, elle l'avait initié au fil. En 1960, à Timisoara, il s'était lui-même tatoué le poignet droit. Raluca le regardait faire, les yeux brillants, la bouche grave. Trois ans de plus que lui, *gadji*, possédée, sublime.

Perchée sur ses pointes de ballerine, elle franchissait l'entrée des bourgs en brandissant le laissez-passer de la troupe et l'agent de la Securitate comptait, recomptait : quatre chanteurs, un chef d'orchestre, un violoniste, une flûtiste-clarinettiste, une cuisinière... Graff se dérobait, déroulait le fil, positionnait les agrès, les gens accouraient.

Tandis que l'orchestre enchaînait son répertoire partisan, Raluca et Graff s'entraînaient au fil. Courir. S'immobiliser. Pivoter. Tomber. Recommencer. Assouplir le bassin, éduquer les bras, approfondir le souffle. Marquer les muscles d'exigence et de douleur, alimenter le sang de l'épaisseur du vide. Refuser l'artifice, oser la sincérité. Aux aurores, épuisés, ils refaisaient l'amour. *Fă-mi un copil,* lui susurrait-elle à l'oreille. Fais-moi un enfant. Tu le porteras sur tes épaules en sautant de corde en corde. Fais-m'en dix, *iubirea mea.* Boucles noires, yeux verts. Bagarreurs comme toi. Embrouilleurs. Le premier sera voltigeur, anneliste le second, la troisième *balangantshik,* dompteur le quatrième, la cinquième écuyère, le sixième bonimenteur, le septième antipodiste, la huitième chanteuse de verres, la neuvième contorsionniste, et pour le dixième, nous verrons. Ce sera la meilleure compagnie du pays, on sera invité partout. À Sarajevo. À Moscou. À Paris. Fais-moi un enfant, mon amour... *Fă-mi un copil, iubirea mea, fă-mi un copil !*

25

Raluca avait accouché deux mois trop tôt du premier. Celui qui devait devenir voltigeur. La vie s'agrippa quelques heures avant de renoncer, vaincue d'avance.

A cui e vina? sanglotait la jeune femme. Graff ne l'avait jamais vue pleurer auparavant. À vingt et un ans, celle qui craignait le temps mais non le vide cherchait un coupable. *A cui e vina?* À qui la faute ? À la charrette sur laquelle la troupe allait de ville en ville ? Au mauvais œil des paysans sur son *tigan* d'amant ? Aux gestes de la sage-femme, appelée à la hâte ? À cette terre ingrate ? Oui, cette terre qui produit des morts-nés, des mal-faits, des martyrs de la dictature et de la malnutrition. Partons ! je veux quitter ce bâtard de pays !

Graff l'épousa d'abord, falsifiant de nouveau ses papiers, changeant sa date et son lieu de naissance, allant jusqu'à adopter un nom de *gadjo* pour limiter le mal. Il avait dix-sept ans et passait pour en avoir vingt-trois.

Ils s'infiltrèrent en Serbie grâce à un contact du père de Raluca. Qu'est-ce que vous allez y faire ? se lamentait l'homme, désespéré de perdre sa fille unique. Des enfants, répondait Raluca. Des enfants et de l'équilibre.

Ils installèrent les agrès sur les places de Belgrade, inventèrent un sketch dans lequel Raluca, froufrous roses et plumes aux hanches, attirait Graff en bouffon maladroit. Arrivée au centre du fil, elle se masquait les yeux et s'élançait à reculons pour lui échapper.

Tu cours sur l'abîme comme si tu y étais né, riait Raluca. C'était pourtant pour elle que les gens se tordaient le cou vers les airs et déposaient solennellement des pièces dans le chapeau. Ça payait le loyer de la chambre, du pain, du café. Le propriétaire ne posa qu'une question : « Vous n'êtes pas communistes ? »

En 1963, dès que la vie agita son ventre, Raluca refusa le fil : « C'est le Parti qui a tué le premier, mais il faut pas tenter le diable ! » Elle s'allongea sur le matelas et n'en bougea plus pendant huit mois.

Graff conçut un numéro solo avec une planche en sapin transformée en silhouette féminine. Toute la journée, il s'aventurait à trois mètres au-dessus du pavé, une poule vivante dans les bras pour séduire la femme en bois accrochée à un poteau du marché de Skadarlija. Si sa tenue bariolée et ses chutes comiques amusaient les enfants, sa gueule de *tigan* suscitait trop de suspicion. Les autorités lui interdirent le marché et confisquèrent la poule.

Embauché sur le chantier de construction de la tour CK, symbole de la puissance titiste, il transporta des plaques de verre sur son dos à cent vingt mètres du sol sans craindre l'appel du vide. Si on te demande d'où tu viens, avertit le contremaître, tu réponds que t'es là par amour pour Tito.

Ce fut l'époque grasse. Graff ramenait à Raluca des œufs, des pommes, du fromage. Seul son joli ventre s'arrondissait ; ses jambes demeuraient nerveuses et sèches, ses joues se creusaient, ses yeux repoussaient la lumière.

– Viens, Raluca, descendons nous promener.

– Non, ça va déranger le petit.

Certains soirs, débarquant dans la chambre les bras encombrés de fleurs sauvages cueillies autour du Blok 16, il la découvrait étendue au sol, le regard sur les moisissures au plafond, absorbée par des figures imaginaires que son corps échoué exécutait à la perfection intérieurement, obsessionnellement.

– Raluca, regarde-moi.

– *Chuut*, je travaille.

Sur le chantier, il rencontra un *tigan* qui l'emmena boire un verre au quartier rom. L'agitation joyeuse des ruelles entre les baraques, les cris, la fumée, rendirent Graff nostalgique d'un passé que Raluca et lui avaient quitté depuis longtemps. Il confia à l'homme son inquiétude.

– Ta femme a besoin de femmes, décréta son ami, venez vivre ici.

– C'est une *gadji*.

– Et alors ? Ton fils, lui, sera *tigan* !

Les femmes obligèrent Raluca à marcher en long et en large, d'une pièce à l'autre. Lui interdirent l'inertie des heures creuses. Au mur de la piaule encombrée de matelas, de vêtements et de fumée, les crucifix orthodoxes côtoyaient les images de créatures voluptueuses découpées dans des magazines. Entourée d'enfants, de vieillards et de matrones bruyantes et bavardes, Raluca retrouva le plaisir de rire aux éclats.

Derrière un drap suspendu au plafond, elle accoucha du deuxième mort-né. L'anneliste. C'est la faute à ces *vrăjitoare*, sanglota-t-elle. Ces sorcières ont caché une saloperie sous le matelas !

En 1964, à Prague, naquit le troisième mort. Celle qui devait être *balangantshik*.

En 1966, à Berlin-Est, l'écuyère serait une fausse-couche de deux mois.

– La compagnie aura vu du pays, on a un gamin enterré dans chaque pays du Bloc ! Son rire sublime était devenu dangereux.

Avant chaque enterrement, Raluca se faisait photographier avec le corps du bébé. La semaine suivante elle regrimpait au fil, l'image cousue dans la doublure de son manteau.

Entre les morts, il fallait franchir l'infranchissable. Le Danube à Novi Sad, un 24 décembre. Armée d'un balancier de six mètres de long, elle dansa par-dessus le fleuve déchaîné, ivre des volutes de vapeur qui s'échappaient de sa bouche, narguant le košava, ce vent impitoyable qui n'existe qu'aux Balkans. Elle incendiait la neige, elle brûlait le vide.

Place de la Vieille-Ville, à Prague. Six heures en pleine nuit pour tirer le filin qui relierait Notre-Dame-devant-le-Týn à la tour de l'Horloge. Un nœud clandestin au balcon de l'église, un rivet d'acier dans la face ouest de la tour. Quand sonnait l'heure, Graff voyait défiler les douze apôtres, mais c'étaient les quatre allégories sculptées au bas de l'horloge qui l'inquiétaient : la Vanité, l'Avarice, la Convoitise et la Mort. Il exécuta trois traversées pour s'assurer de l'installation. Au petit jour, Raluca prit son envol à cinquante-sept mètres du sol. Un manteau violet cintré à la taille, une couronne de fleurs, des bottines rouges. La régularité de sa respiration, palpable depuis la place, et le mouvement perpétuel de ses petites mains pour équilibrer le balancier. Graff comptait ses pas, cent soixante d'un monument à l'autre, soixante foulées lentes et charmeuses, cent glissées, chimériques. Les policiers, gesticulant sur le pavé, prêts à la cueillir, et les Praguois, pleurant d'émotion, lisant dans son génie un acte contestataire. Elle s'en fout de la censure, voulait leur crier Graff, elle s'en fout du socialisme, du communisme, du réformisme ! Son vrai désir, c'est de s'enrouler le fil autour du cou et de crier au gardien d'ouvrir la trappe !

L'exploit accompli, Raluca s'échappa par les toits et Graff à travers les ruelles. Je me suis tapé les quatre péchés capitaux, douze apôtres et quinze policiers ! hurlait-elle du toit. En une traversée !

Pendant huit jours, le filin est resté là-haut avant que les autorités tchèques ne trouvent quelqu'un pour le détacher.

D'un mort à l'autre, il y avait les villes à atteindre et les frontières franchies la nuit. Les crises et les objets brisés, les fêtes excessives, l'ennui des jours silencieux et le pardon entre les draps, l'espoir renouvelé : *Fă-mi un copil, fă-mi un copil...* Graff rêvait parfois de disparaître.

26

Graff jette deux chemises, trois slips et une giclée de liquide vaisselle dans la bassine d'eau chaude. S'il doit quitter ce monde, il compte le faire convenablement vêtu. Peu disposé à frotter le linge d'une seule main, il touille l'eau et laisse tremper. Il fumerait bien un joint. Sa boule de shit est desséchée et rouler d'une main plâtrée promet encore un exercice raté.

Le désespoir d'Etta James chantant *I'd rather go blind* accompagne sa lente traversée jusqu'à la banquette. Il aimerait bien savoir de quoi elle parle, Etta. D'amour, c'est évident, il reconnaît *I love you* et *embrace* ; un amour trahi, ça se ressent dans sa voix… Les orteils de son pied gauche sont méchamment pâles. Il les étire un par un, puis active sa cheville droite en s'imaginant remuer de l'eau, de la neige, du ciment, comme au temps où il pouvait encore se prétendre funambule.

Les cloisons en contreplaqué vernis affichent des coupures de journaux : Bird Millman dansant sur un fil surplombant les buildings de Manhattan. Nik Wallenda à Porto Rico, la traversée qui avait tué son arrière-grand-père. Rudy Omankowsky, les yeux bandés, au-dessus du lac de Gérardmer. Il ne possède aucune image de Raluca, seulement le tatouage de son prénom.

Le plâtre laisse échapper la ligne noire accrochée au dernier *a*. Raluca d'un côté, Chirikla de l'autre. Les tatouages appartiennent à sa peau autant que les taches qui brunissent ses mains, les cicatrices dues aux cordes, la déchirure de son oreille. Graff ne les voit plus. La carte du corps et celle des sentiments se superposent. Raluca était son deuxième amour, pourtant il l'a abandonnée. Chirikla était la première, elle n'est plus qu'une suite de pas traversant ses rêves.

Las du blues, le vieil homme se relève et claudique jusqu'au lecteur de CD.

Tandis qu'il plonge une cuillère en bois dans la bassine pour touiller sa future chemise mortuaire, Cake hurle *I will survive* avec certitude.

27

Melisa s'adosse au mur arrière de la supérette. La vue du gravier écrasé par le soleil lui donne un sentiment de dégoût. Elle scrute la caravane, qu'elle juge laide, laids aussi la jument, le pré jauni, le ciel plat, les pointes de ses cheveux fourchus qu'elle va bientôt teindre en blanc. Elle ne sera pas toujours ainsi, elle apprendra à juger moins, ou mieux, elle quittera cet entretemps tiède où rien ne va comme il faut. Amoureuse, elle voudrait se donner. La vie lui résiste. Elle veut un coupable.

Née d'un père catalan qui est parti un jour de beau temps, Melisa s'est d'abord comparée à sa mère, puis à la sœur de celle-ci, puis aux jeunes touristes qui flânaient, la nuit tombée, avenue de Gràcia à Barcelone. Elle a brisé une porte vitrée quand Lola lui a annoncé leur déménagement dans un bled de montagne en France, mais c'était par goût du drame, en vérité, le mouvement ne lui déplaisait pas et elle était impatiente de conquérir une nouvelle cour.

Au collège de La Roque, elle a appris les rudiments du français en quatre semaines, imitant les tournures de ses camarades, se hissant vite sur l'estrade de la popularité.

Elle survivait à une longue saison d'ennui quand une amie l'entraîna au cirque. Les paillettes et les acrobaties lui semblèrent fades comparées aux images qu'elle consacre d'un coup de pouce sur son téléphone.

Le Rouge la remarqua quand elle se glissa hors du chapiteau, avant l'entracte. Elle sait la prétention de son corps tendu et piquant. Elle sort une cigarette, le gréeur aux cheveux décolorés sort son briquet, la séduction est une suite de gestes inspirés, imités. La nuit tombée, Melisa vole des bières rangées au sous-sol du bar de sa mère. Elle a intimé l'ordre au gréeur de l'attendre sous le petit pont qui enjambe la rivière. Ses copines lui disent qu'elle est tarée.

Elle a bu mais n'est pas ivre, si ce n'est de l'ivresse des lèvres du Rouge dans son cou et de sa main sous son tee-shirt. Quand il lui dit qu'elle a des jambes d'écuyère, elle réplique, Toi t'as la peau d'un iguane. Blessé, le jeune homme rougit encore. Melisa a décrété qu'il se pourrait bien qu'elle le rejoigne dans le Sud s'il ne déconne pas. Elle était certaine d'avoir toutes les cartes en main.

La jument traîne sa longe en direction de la barrière. Dans la caravane, la musique s'interrompt, devient un solo de trompette. Melisa déteste la trompette, ça file la migraine. Elle sort une cigarette et la fait tourner entre ses doigts comme un stylo. Le gréeur lui manque. Il aurait un briquet, lui.

Coincé dans quelque bled du Midi, le Rouge doit souffrir autant qu'elle. Ce n'est pas de sa faute si la vie s'aplatit. Elle lui a déjà inventé vingt excuses romanesques. La coupable, c'est Lola qui a traîné Melisa dans ce trou pourri, c'est la directrice du collège qui veut l'orienter vers un CAP, c'est la patronne du golf qui n'a pas voulu l'embaucher cet été alors qu'elle se débrouillait plutôt bien à la réception. Le coupable, c'est celui qui pourrait l'aider à retrouver son amoureux et ne le fait pas. Le vieux gitan a un téléphone, c'est obligé, même les SDF possèdent des iPhones aujourd'hui, et sinon, il a forcément le numéro du Rouge noté quelque part.

Appuyée contre le mur, elle écoute la musique s'échapper de la caravane sans réussir à décider si elle doit charmer celui qui y vit ou lui créer d'infinies emmerdes pour obtenir ce qu'elle veut.

28

La chaleur tourne en rond et la chambre dégage une odeur de vieillesse. *Get up, Ada.* Elle descend les escaliers, boit de l'eau fraîche du réfrigérateur et se demande ce qu'elle fait là, dans le noir, ce qu'elle fait, point final.

Un cardigan enfilé sur sa chemise de nuit, qui passera, elle le décide, pour une robe d'été, elle traverse le jardin et prend le raccourci à travers le pré jusqu'au portail de la friche. Au fond de ses souliers traîne encore un gravillon. La lune est pleine, même sans lune elle trouverait son chemin.

La jument la regarde venir. Ada la caresse, lui parle bas, *beautiful thing, poor thing,* les fenêtres de la caravane sont éclairées, peut-être l'homme sortira-t-il au son de sa voix ? Il ne vient pas. Elle frappe deux fois à la porte et l'entend râler, baisser la musique, son déplacement maladroit à travers l'habitacle, s'appuyant sur une table ou un bâton, l'espace doit être étriqué. Il ouvre la porte, apparaît en haut de la marche, jogging gris, une chemise ouverte sur son ventre rabougri. Ni il sourit, ni il ne sourit pas. Une mélodie remplit la caravane, une voix qui déchire l'âme : *As he follows a path… that mimics his footsteps…*

– Bonsoir, monsieur. Je voulais vous dire que j'ai menti hier. En fait, mon mari est décédé. Il y a un an.

Le funambule opine, pas surpris pour un sou.

– J'ai l'allure d'une veuve ?

– Les mensonges des femmes crispent leurs visages innocents.

Finalement, le funambule ne se débrouille pas si mal en français.

Ada remarque la déformation de son oreille gauche, elle jurerait qu'il en manque un bout.

– Je souhaitais vous demander… vous avez quelqu'un qui peut venir vous aider ? À moins que vous ne pensiez bientôt rejoindre vos amis ?

– Mes amis s'éparpillent avec le vent, répond Graff.

Ada arrange son expression pour ne pas sourire. Le *gypsy* s'amuse, le *gypsy* joue à être un *gypsy*. Devrait-elle jouer à la vieille Anglaise ? Lui proposer un Martini en pleine nuit ? Le prier de lui lire l'avenir dans des feuilles de thé ?

Elle jette un coup d'œil à la jument qui pointe les oreilles, renifle l'air sec. Des cordes délicates de guitare se substituent à la voix éthérée.

– En tout cas, sachez que…

– Pourquoi vous faites ça tout le temps ?

– Quoi ?

– Enrober les questions. « Je voulais vous dire, je souhaite, sachez que… » Est-ce qu'on mange une pomme avec de la crème fraîche ?

Il doit s'agir d'un proverbe tsigane.

Ada se redresse et le fixe.

L'image d'une dompteuse en nuisette soumettant un ours traverse l'esprit de Graff.

– En tout cas, je *souhaitais vous dire* que vous êtes le bienvenu ici.

– Merci.

– Et…

Il s'appuie contre le cadre de la porte. Ça y est : le *et* qui est un *mais*. Elle va le prononcer : « Vous êtes le bienvenu, hélas les gens du village sont un peu sauvages, alors... »

Ada interrompt ses pensées.

– Je vous propose un troc.

– Un truc ?

Il fait semblant de ne pas comprendre.

– Vous restez sur mon terrain, vous et le cheval, mais – *et* – vous me racontez un peu votre vie, votre langue...

Malgré son expression ahurie, elle poursuit :

– C'est seulement que j'aime apprendre de nouveaux mots, cela m'ouvre l'esprit et bavarder avec des personnes qu'on ne connaît pas...

– ... des gitans...

– ... des circassiens. Bavarder, apprendre me ferait du bien. Voilà.

Elle attire les deux bords de son cardigan l'un contre l'autre et se redresse de nouveau, façon dompteuse de fauves.

– Je ne suis pas bavard.

– Bien, dit-elle d'une gaieté forcée, je comprends !

L'homme a un mouvement de la tête, de l'agacement sans doute.

De sa voix écorchée, la chanteuse caresse les cordes de la guitare. *There's just one thing before you go... if there's a river you can bet, there'll be a sea for my heart yet...*

Graff considère la nuit et fredonne quelques mesures sans la moindre conscience de lui-même.

– C'est joli, reprend Ada. « S'il y a une rivière, parions qu'il y aura un océan pour mon cœur. »

– Vous parlez anglais ?

– Je suis d'origine britannique.

Il poursuit sa contemplation de la nuit.

– Je pourrais vous traduire toute la chanson si ça vous intéresse.

Bien sûr que ça l'intéresse. Ada perçoit le grognement chaud de sa gorge et la lueur qui fend son regard noir.

– Néanmoins pour ça, il faudrait accepter le troc… ou le truc !

L'homme fait mine de réfléchir, puis approuve solennellement, lui concédant l'avantage. Ada hoche la tête à son tour. Tout cela est assez amusant.

Quand elle s'éloigne, il remarque son discret boitillement, comme si ses semelles étaient trop fines ou qu'elle s'était blessée. Elle s'arrête un instant pour caresser la jument. Et Graff, qui juge les gens à l'aune de leur respect des chevaux, la trouve digne.

À dix-huit ans, j'ai décroché un job à la bibliothèque d'Amlwch, la petite ville la plus au nord d'Anglesey. Cela m'a permis d'envoyer de l'argent à mon père et de mettre la main sur tous les livres que je voulais. Au pub et aux festivals de musique, j'étais une spectatrice réservée, quoique fidèle de la vie sociale de l'île. Ma meilleure amie était un border-collie. Craintive les nuits de pleine lune, elle hurlait à la mort quand on passait du Led Zeppelin.

*Mon amant régulier, Jim, faisait partie de l'armada des biologistes marins qui colonisaient l'île. Je m'étais entichée de ses épaules, aperçues un jour qu'il retirait par grand vent sa combinaison de plongée sur un rocher. Le jeudi soir, au pub de Holywell, on parlait reproduction des crustacés, stress des mollusques bivalves et effets à long terme du déversement d'hydrocarbures dans l'*Irish Sea. *À un moment donné, Jim et moi échangeâmes un regard, une phrase : « Chez toi ou chez moi ? »*

C'était aussi facile que ça. Lorsque nous nous déchaussions, nos épaisses chaussettes dégageaient une odeur de soufre. Nous gardions nos pulls, les courants d'air ajoutaient une urgence érotique à nos ébats. Ensuite, nous partagions une tasse de thé et nous nous séparions. Au bout de trois mois de jeudis, Jim reposa sa tasse de thé et me demanda s'il pouvait rester la nuit, voire la vie, à mes côtés. Je répondis non. Quand j'aurais dû dire « Je ne peux pas. Pardonne-moi.

M'attacher me terrifie». Le jeudi suivant, ni lui, ni moi ne posâmes la question, notre relation était terminée.

À l'âge de trente ans, je fréquentai un manager de la Barclays Bank rencontré lors de la demande de prêt automobile qui me fut refusé. Je ne sais plus ce qui m'attira chez lui, mais notre séparation allait me propulser vers une nouvelle vie. Comme quoi une demande de prêt n'est jamais anodine.

Le banquier se figurant être un grand sportif, notre relation se déroulait principalement sur les voies d'escalade et les chemins de randonnée de Snowdonia, parc naturel spectaculaire dans le nord du Pays de Galles. Lors d'une randonnée estivale, au mépris du silence des crêtes, nous nous lançâmes dans une discussion houleuse à propos des grèves minières. Philip – il se prénommait Philip – avait beau se prétendre «plutôt Travaillist*», ses conceptions penchaient du côté* Conservative. *Je le soupçonnai de vouer un culte secret à Margaret Thatcher. Tout en foulant de ses grandes jambes le sentier étroit, il fulmina contre la cécité des syndicats: le National Coal Board (qui gérait les mines depuis 1947) accumulait des pertes structurelles gigantesques. Fermer les mines était un mal nécessaire, et* «pourquoi *ces gens tenaient-ils tant à une industrie qui défigurait le paysage et abîmait leur santé?».*

Dans le fond, j'avais eu des réflexions similaires. La mine avait anéanti ma famille et mon père venait de mourir d'un cancer du poumon. Cependant, un sentiment de culpabilité me remplissait dès qu'il était question des mines, et si tous abandonnaient, comme moi, les mineurs, Thatcher gagnerait.

Au lieu d'avouer mes contradictions à Philip, je le traitai de conformiste réac sans couilles. Je ne sais pas quel terme le vexa le plus. Chargé de notre sac à dos, donc de notre tente et des provisions, il fit demi-tour, entamant la descente. Ma vieille border-collie, qui n'aimait pas la montagne, lui emboîta le pas.

C'eût été pathétique de les suivre. Il devait être quinze ou seize heures, j'estimai qu'il me restait une bonne heure de marche jusqu'au sommet, le but, après tout. Je me revois attaquant le dénivelé, emplie d'un sentiment d'exaltation et d'injustice. J'étais habituée aux émotions antinomiques. Il se mit à tomber une pluie drue et froide, et bien que connaissant les dangers de Snowdonia par mauvais temps, je continuai mon ascension. Alors que la nuit tombait, elle tombe comme un poids mort là-haut, je discernai une faille de bonne taille entre deux rochers. Je m'y assis en pressant mes cuisses contre mon ventre, à la manière d'un fœtus peu disposé à naître. J'observais la flaque de boue devant l'abri, écoutais le vent entre les parois et sortais de temps en temps la tête pour inonder ma langue de pluie. La roche dégageait une odeur animale et archaïque ; d'autres vies y avaient, elles aussi, trouvé refuge, c'était réconfortant.

Autour de minuit, ressentant une furieuse envie d'aboyer, je me mis à graver « J'ai le cœur brisé » sur la roche avec le canif ; j'avais récemment été touchée par la description d'une scène similaire dans un roman. Bien entendu, mon émotivité ne découlait pas de l'échec avec Philip, mais de la succession d'enterrements dont j'avais fait l'expérience et du fait que ma chienne m'avait abandonnée. Il paraît que de toutes les émotions, l'apitoiement sur soi est la moins utile.

Quand l'averse s'arrêta, je sortis de la faille pour m'asseoir au bord du rocher. Je n'avais pas peur car la Voie lactée illuminait la nuit et la seule chose qui me fasse peur, c'est le noir total. Me revint le souvenir de mes échappées d'enfance. Partir une heure ou dix minutes suffisait, le déplacement constituait l'aventure. Où était passée cette faculté à s'élancer dans l'inconnu avec légèreté et confiance ?

Je passai le restant de la nuit à revisiter de l'intérieur tous les abîmes et toutes les déceptions qui avaient freiné cet élan. Cela constituait un pas de côté intense car depuis l'âge de seize ans, j'avais l'habitude de tenir mes émotions à distance. (Le fait de regarder le monde comme depuis une fenêtre en hauteur a continué de marquer mon existence. Mais depuis que tu es près de moi, je suis simplement au centre de la vie.)

Peu avant le lever du soleil sur Snowdonia, mon corps frigorifié m'obligea à quitter la sphère introspective et à m'abandonner au sommeil. Je finis par trouver la position adéquate, mes claquements de dents s'apaisèrent. Juste avant de m'endormir, je me dis qu'il me fallait changer radicalement de vie.

Réveillée par un parfum de saucisse grillée, je sortis de ma tanière pour contempler la vue splendide et traquer l'origine de l'odeur. Quelques mètres en contrebas, je tombai nez à nez avec un Français au visage sympathique qui pissait contre un buisson. Il avait campé avec deux amis à cinq minutes de mon abri. Dans mon état d'hypoglycémie semi-lucide, j'y vis un signe : la porte du changement s'ouvrait. Elle avait pris la forme de Guy Deletang.

(*Extrait des lettres d'Ada*)

29

Il se présente devant le grand portail, activant la sonnette tel un livreur ou un visiteur d'autrefois. En appui sur sa béquille, trois pochettes de disques sous le bras et une truite emballée dans du papier journal.

– C'est pour vous, je l'ai pêchée ce matin tôt.

Il souhaite comprendre *Chelsea Hotel*, *Bonfires* et *You Ain't Goin' Nowhere*.

Il s'adosse au tronc du tilleul, il ne veut pas s'asseoir. Ada triture ses lunettes et marmonne les paroles avant de les élucider. *Wintertime* signifie à la fois hiver, tristesse et vieillesse. *Unworthiness*, c'est sans doute indignité, insignifiance conviendrait mieux. Sa voix se mélange aux rosiers escaladant la façade et ses mains s'agitent, on dirait deux moineaux.

Graff l'observe en se souvenant que la nuit dernière, comme il ne parvenait pas à se décider, il a joué la chose aux dés. S'il lançait un trio de six, il rendrait visite à la propriétaire du terrain. Non qu'il ressente la moindre obligation, mais parce qu'elle l'avait amusé avec son troc, son truc. Aussi parce que depuis sa venue en pleine nuit, les mauvais rêves avaient cessé. Depuis trois jours, il dort d'une traite et ne suit plus les empreintes fantomatiques de la mort.

Les trois dés jetés sur la table de la caravane alignèrent un quatre, un deux et un cinq. Il rangea le jeu en songeant que le défi lancé au hasard manquait de précision. S'il obtenait une série de six, il lui rendrait visite, soit. Cependant il n'avait pas formulé l'action inverse : qu'adviendrait-il s'il n'obtenait pas les trois six ? De toute manière, jouer une femme aux dés manque d'élégance.

Elle est émue en lisant *Bonfires*, ça se voit. *Scavenger* se traduit par charognard, dit-elle, non, c'est plus beau que ça, il n'y a pas de mot juste… Un chien affamé d'affection peut être un *scavenger*. Un vieillard aspirant les dernières bribes de sa vie aussi.

Dans le texte de *Chelsea Hotel*, elle hésite sur *giving head* et finit par dire s'offrir. Graff sent bien qu'il s'agit d'autre chose. Il ne boit que la moitié du verre de citronnade qu'elle lui sert. Lui avouer que l'eau glacée contracte son front serait une critique malvenue, se tenir là est déjà assez compliqué. Les traductions lui provoquent un pincement au cœur, comme s'il apprenait à lire ou qu'il perdait quelque chose. Certaines paroles désavouent la mélodie, d'autres l'affirment trop, c'est déroutant.

Elle veut connaître les mots roumains pour indignité, feu de camp et hiver. *Nevrednicie*, il répond, *foc de tabăra, iarnă.*

– *Iarnă…* La sonorité ressemble à la saison. Vous parlez le romani aussi ?

– Peu. Votre jardin tient le coup, vous devez beaucoup arroser…

– La commune limite l'eau. D'ailleurs, je dois m'occuper du robinet sur le terrain.

– Vous avez les pouces verts alors. Le robinet, c'est réparé, il fallait seulement remplacer le joint. Je vous laisse.

– Venez, il y a un raccourci pour atteindre la friche !

Elle s'engage dans un passage le long de la maison et lui désigne le portail au fond du jardin.

– Vous voyez, c'est plus pratique de couper par le pré, plus rapide que de passer par la rue, non ?

Graff se demande si elle a honte de lui ou peur des ragots.

Il se sent un peu minable quand il clopine à travers l'herbe. Il sait qu'elle le regarde. Quand il franchit la barrière de la friche, elle lui crie qu'il peut déposer ses ordures dans son bac, elle le sort le mercredi, sinon ça va faire des histoires au village ! Elle sourit, mais Graff repart avec ce problème de poubelle en tête. Ça l'emmerde, il ne veut pas l'importuner. Il ne veut pas d'histoires, seulement la paix.

30

Le lendemain matin, Ada trouve deux perches sur son paillasson, emballées dans du papier journal.

La vie lui a permis de recevoir des bijoux, des fleurs, des livres et des chocolats. Jamais un poisson. C'est bien, les choses prennent une nouvelle tournure, décide-t-elle. Deux perches suggèrent un dîner. Si Graff ne vient pas, elle donnera les poissons au chat de Lola, laquelle estime qu'Ada est inconsciente. Un type comme ça, abandonné par les siens, ce n'est pas normal.

– Définis le mot normal.

– Il croit sûrement que tu veux coucher avec lui.

– J'en doute.

– Tous les hommes croient qu'on veut coucher avec eux.

– Le voir me change les idées.

– Tant qu'il te change pas l'argenterie.

En début d'après-midi, Ada prépare un gratin dauphinois, fait mariner les poissons dans du jus de citron et du romarin, et dresse la table dans la cuisine. La salle à manger, ce serait trop formel, elle n'a jamais aimé cette pièce-là. Puis, la cuisine donne sur le jardin, ils pourront parler des fleurs si jamais l'homme manque de conversation.

Graff arrive à dix-neuf heures tapantes. Il est passé par le pré. Il s'assoit et la regarde faire sauter les perches dans la poêle. De temps en temps, il tourne la tête pour détailler un aspect de la cuisine, l'évier, le tabouret, les carreaux de ciment, comme s'il réfléchissait à la teneur et au sens de chaque objet. Ada trouve cela vaguement déplaisant.

– Bon appétit ! D'une voix un peu aiguë, en posant les assiettes sur la table.

– Merci.

C'est le seul mot qu'il prononcera de tout le repas.

– Il faudrait que la pluie vienne, dit Ada, au bout d'un moment, et Graff hoche la tête.

Elle ajoute que l'orage circule depuis des jours. Elle ne dit pas que ça lui réveille des douleurs dans les orteils et que les gens ne parlent plus que du dérèglement climatique, des mauvaises récoltes et des vieux qui crèvent de soif dans les grandes villes. Il faut beaucoup boire, madame Deletang ! Comme si elle avait cent ans. On glisse aussi quelques remarques à propos du Rom. Il doit consommer un paquet d'eau, avec la jument et tout. Ada répond que tout va bien, chacun sait faire attention. Fermez vos fenêtres quand même, madame Deletang, 'faut pas tenter le diable. Ada fait mine de ne pas comprendre, puis s'en veut de sa lâcheté.

– Vous venez d'où ? demande Graff en reposant ses couverts.

Ada sursaute, elle l'avait presque oublié.

Elle l'entraîne dans le salon et lui désigne un point minuscule sur une ancienne carte d'Europe accrochée au mur. Anglesey, dit-elle. Et tout autour, la mer d'Irlande.

– L'île possède dix-neuf lieux de culte, cinquante-deux sites préhistoriques, dont quatre tombes à chambres et vingt-huit cromlechs, sept phares, plus de trente-deux moulins, deux ponts et un chemin littoral long de deux cents kilomètres. C'est un sanctuaire de marsouins, de phoques blancs et de macareux moines.

Balancé d'un ton faussement gai. Elle devait être guide, décide Graff. Ou professeur d'histoire-géographie.

– Quand j'y vivais, je n'ai pas voulu visiter le moindre site préhistorique, encore moins religieux. La faune et la flore ne m'intéressaient pas davantage à l'époque. La seule chose qui comptait, c'était l'océan. Et le fait qu'il n'y ait pas le moindre terril.

Elle marque un petit temps.

– Parfois, je rêve de rouler jusque là-bas à tombeau ouvert. Je crois que l'horizon me manque. L'iode aussi !

Elle a un petit rire et Graff se dit que les gens savent drôlement se compliquer la vie.

– Rouler à tombeau ouvert… En anglais, on dirait *like a bat out of hell*, rouler comme une chauve-souris qui sort de l'enfer. Vous avez une expression similaire en romani ?

Graff retourne machinalement un cendrier en vermeil posé sur le guéridon pour inspecter le poinçon.

– Vous vous intéressez à l'argenterie, Graff ?

Elle le sonde, ce drôle d'éclat bleu dans ses yeux.

– Dans le temps, oui.

– Et vous, où aimeriez-vous rouler à tombeau ouvert ?

– Je préfère les tombeaux fermés.

Il repose l'objet et boite jusqu'à la cuisine avant de se déposer lourdement sur sa chaise. Sa jambe lance contre le plâtre. Les perches étaient magnifiques, mais le vin a voilé sa langue d'amertume et la femme est trop bavarde ce soir.

– Quand on a envie de partir, il faut partir, dit-il brusquement.

Ada se rembrunit et ramasse les assiettes. Dîner dans le jardin eût été moins encombrant. Qu'a-t-elle imaginé ? Cette cuisine inerte, l'homme taciturne, l'air avarié d'une maison hantée. Elle aurait dû donner les perches au chat de Lola et se coucher tôt.

Graff soulève le bas de son pantalon pour glisser son doigt sous le plâtre. La jambe de la jument ne guérit pas non plus. Cet imbécile de vétérinaire passe prendre de ses nouvelles et conclut qu'il faut songer à l'euthanasie. Il y a la gamine aussi, à le harceler pour le numéro du gréeur. Elle est revenue ce matin, lui a dit que s'il ne l'aidait pas, il aurait sa mort sur la conscience. Il a aboyé qu'il comptait mourir avant elle.

Voilà que la femme disparaît en direction du salon de sa démarche étrange, cette façon qu'elle a de poser les pieds sans les poser. Il l'entend ouvrir et refermer énergiquement plusieurs tiroirs. Elle revient armée d'une aiguille à tricoter.

– Prenez ça.

Il plonge l'aiguille entre le plâtre et le mollet, c'est bon, aussi bon que faire l'amour. La comparaison est stupide, rien n'est aussi bon que faire l'amour.

Ada, le bassin appuyé contre l'évier, se tient les mains, on dirait des moineaux blessés à présent.

– Ma fille a été endoctrinée par une secte. Je reste ici dans l'espoir qu'elle revienne à la raison. J'ai la certitude que si je pars, je ne la reverrai jamais. Je comprends que mes questions, mon blablabla vous dérangent, je comprends que dîner avec moi soit pénible. Je voulais penser à autre chose… Amener de la vie dans la maison. J'ai eu tort. Dans le fond, je suis plus sauvage que vous.

Ses épaules se courbent d'un coup. Le monologue a consommé toute sa vitalité.

– Dîner avec vous n'est pas pénible.

Il devine qu'il y aurait d'autres mots à prononcer, des phrases réconfortantes, des expressions convenues. Il devine aussi que rien ne soulage une femme dont l'enfant s'est perdue.

La pluie les sauve. Ada ouvre grand la porte de la cuisine pour contempler les cordes qui tombent enfin sur le jardin.

Graff dit que ça va faire du bien à la nature, la jument doit être contente aussi. Ils devinent que l'averse ne durera pas. C'est un orage d'été, ça passera vite. Au moins, ça baigne la nuit, ça mouille les herbes et la lauze.

– Vous voulez un parapluie pour traverser le pré ?

Il lève sa béquille d'un air amusé.

– Ça sera terminé avant même que j'atteigne le portail. Merci pour le repas, Ada.

31

Cette nuit, ce n'est pas lui qui la rejoint, mais Rébecca qui dit son prénom plusieurs fois, tout près de son oreille. *Dom, pousse-toi un peu...*

Sa peau sent l'herbe fraîche. Il écoute la respiration profonde et régulière des autres enfants et celle de sa mère, un peu rapide. Elle s'est hâtée.

– Dom, demain, je dois aller quelque part.

Elle chuchote. Le son germe à peine avant de disparaître.

– T'entends ?

– Oui.

– Je reviendrai peut-être tard. S'ils te demandent où je suis, tu dis que tu sais pas. D'accord ?

– Tu seras où ?

Il essaie de parler aussi bas qu'elle, rien que de l'air.

Elle ne peut pas lui dire. Il ne faudra pas s'inquiéter.

Il l'entend avaler des fausses notes, faire semblant. Elle dit qu'elle est obligée, obligée de partir.

– Pourquoi tu m'emmènes pas ?

Il a mal au cœur. Sa peau est trop proche, sa voix trop loin.

– Dom, écoute.

Il ne fait que ça, écouter. Les soupirs des dormeurs, l'ondulation des branches dehors, un hôlement de chouette, les fausses notes de sa mère. Il voudrait dormir. Imaginer qu'elle n'est pas encore apparue, comme la pièce de monnaie, encore à découvrir, à cacher, à tenir.

– Dans quatre jours, lundi, je veux que tu remontes la rivière, que tu marches jusqu'à un très grand arbre et que tu continues, la rivière fera des tournis, tu les suis au moins une heure… une heure au moins. À un moment, la rivière longe un bois bizarre, il y a des échelles et des cordes accrochées aux arbres, tu passes discrètement, si quelqu'un te parle, tu dis que tu vas à la ferme.

– Quelle ferme ?

– C'est pas important, juste tu dis « je vais à la ferme ». Ensuite, environ vingt minutes plus tard, il y aura un pont, tu passes en dessous, reste sur la berge, toujours vers la droite, dans le sens opposé de l'eau. Ensuite, tu vas voir une clairière et un grand aulne avec des racines qui rampent jusqu'à l'eau. De l'autre côté de la rivière, il y aura un pré qui monte vers un village. Tu vois ce que c'est un aulne ?

L'air manque.

– Dom, arrête, respire.

Elle lui caresse la poitrine et enfouit son visage dans ses cheveux. Rébecca ne fait jamais ça.

– Arrivé à la clairière, tu t'arrêtes. En face, en haut, tout en haut, il y a une grande maison en pierre. Trouve un endroit pour traverser, un endroit où l'eau n'est pas profonde. Monte en haut du pré, jusqu'à cette maison. T'as compris ?

– Oui.

– Tu te souviens de la femme qu'on a vue au marché ? Celle avec l'accent, elle t'a demandé comment tu t'appelais ?

Il se souvient. Non d'un accent, mais de ses yeux bleus et de sa voix claire.

– Tu lui donneras ce que j'ai caché dans ton armoire, sous ton pull.

Il visualise le pull et veut connaître cette chose que sa mère aurait cachée. Un pain ? Du miel ? Ce doit être du miel. Ou alors le Livre des Révélations. Pourquoi devrait-il offrir le Livre des Révélations à la femme à la voix bleu clair ? Pourquoi ce n'est pas Rébecca qui l'offre ? Il appuie son pouce là où le sanglot va éclater.

– Hé, arrête. Si ça se trouve, t'auras même pas besoin d'y aller, si ça se trouve je serai de retour demain soir. Arrête, OK, t'es chiant là.

Elle parle comme l'autre Rébecca, celle qui surgit certains soirs, celle qui fume et crie et prononce des mots grossiers qui altèrent sa voix. Elle parle comme si elle était déjà partie.

– C'est où la droite ?

Il lève la main.

– C'est bien. L'inverse de ton cœur. C'est bien.

Il veut poser d'autres questions, mais elle le serre encore plus fort, Do-*om*, Do-*om*, faut dormir maintenant.

L'arrivée de la pluie les surprend.

– Tu entends, sur le toit ? Écoute ce qu'elle te dit, la pluie, écoute…

De drôles de sons sortent de sa bouche, puis des mots chuchotés que Dom n'a jamais entendus. *Shushh-ouk dop je t'aime je t'aime dop drop faut pas que t'aies peur écoute…*

Comment attraper les images ? La pluie tambourine, Rébecca parle trop bas, l'eau s'écoule des mots. Alors il se concentre sur la cadence des gouttes et des chuchotements, et sur l'instant où sa voix s'ébrèche. Le bruit de l'océan, ce doit être un peu comme ça.

32

L'averse a duré plus d'une heure. Ada est restée dans la cuisine à regarder l'eau déborder du toit. Elle imagine les circaètes dans la forêt, l'oisillon s'initiant à la pluie, son plumage collé à sa gorge et l'eau ruisselant de son bec… Quelles sensations découvre-t-il ?

Cette nuit-là, dans la chambre mansardée d'Ashriver, ils se chamaillaient sur leurs lits étroits, indifférents à la pluie qui submergeait la vallée depuis des semaines. Jude était monté tard, il avait un peu bu, son odeur de savon noir, son sourire rugueux dans la pénombre. « Chut les gamins, écoutez ! Fermez les yeux ! » L'eau martelait le schiste. « Putain, ça c'est du son ! Les pieds des nuages qui tambourinent sur notre foutu toit ! » Ses paroles avaient étonné Ada, Jude ne faisait pas dans la métaphore d'habitude.

Deux jours plus tard, il ne serait plus. Un torrent d'eau, de schiste et de grès carbonifère l'emporterait.

Elle n'en a jamais parlé à Becca. Le passé était un pays étranger, une saison lointaine qu'il fallait ignorer. Elle n'a su lui léguer que la magie des orties et la musique de la pluie.

– Ferme les yeux, Becca, écoute les pieds des nuages danser sur le toit. Écoute la pluie… ou la neige… ou la grêle… Qu'est-ce que tu entends ?

– *Tchh tchh hush dop shushh-ouk dop shushh-ouk dop fitfitfitfit-fit dik dik*… déchiffrait la petite, si concentrée.

Toute sa vie, Ada a craint que Becca ne soit fauchée par un accident ou par une maladie. Finalement, une idée s'en est chargée.

Peut-on dédier sa vie à l'attente du retour d'un dieu hypothétique qui *ne veut pas* revenir ? La question roidit son corps. Elle aussi ne fait qu'attendre. Est-ce cela aimer ?

La pluie s'est arrêtée. Ada referme la porte sur le jardin et éteint les lampes. Elle est au milieu de l'escalier quand deux coups discrets frappent à la porte de la cuisine. Elle redescend lentement, son cœur bat la chamade. Elle ne comprend pas pourquoi son cœur bat ainsi.

Graff se tient dans la pénombre, une main en appui sur la béquille, l'autre nouée autour d'une feuille de papier pliée en quatre. La nuit exhale un parfum de rouille et de roses.

– Ada. Je suis d'origine lovara, on élevait autrefois les chevaux. Nous avons une langue, une belle langue, mais… j'ai quitté les miens sans même m'en apercevoir et t'en donner les mots serait trahir. Alors, j'ai pensé que les mots du cirque pourraient te plaire. Je me suis arrêté à la lettre E.

Il lui tend le carré de papier.

– J'écris mal, ce foutu poignet…

– Merci ! s'écrie Ada, tandis qu'il franchit le seuil du jardin.

Le recto de la feuille vante le programme du cirque. Au dos, une densité de mots calligraphiés à l'encre noire et quelques résidus de plâtre.

Adagio Allure Agrès Antipodiste Avancés Arènes Anneaux américains, aériens et romains Annelistes Attaches Attraction Auguste Baguettes Paillasse Chambrière Ballant Balagansk Balangantshik Chapiteau Cirque ambulant, de relais, de verdure, d'intimité, éphémère, cirque flottant... Balancement latéral Balançoire aérienne Banquiste Barre de chute Boîte à résine Boîtes égyptiennes Boleadoras Bonimenteur Bordure Ralingue de tour Bourrelet Bouchon Borani Bras de fer Bras-roulé Brouette Cage centrale Cage d'engagement Cage d'échappement Chandelle Cabriole Carrousel Cascadeurs Contorsionniste Claque Clé Caoutchouc Disloqué en arrière et en avant Contre-pitre Contretemps Convoi Corde anglaise Corde de tirage Corde souple Corde inclinée Corde lisse Corde indienne Corde parallèle Corde volante Cornac Croix de fer Cylindres Dame blanche Domptage Dressage Djiguitova Drisse Dislocation Estrapade Échappées Férocité Pelotage Fanions flottants et fanions fixes Échassiers Grallator Échelle du diable, animée, antipodienne, dansante... Écuyer d'art Écuyère d'école Élastonautes Excentriques Élévation Élingue Enchaînement Entresort Équerré Équestre Estrade Équilibre Déséquilibre Escapologiste (évadé perpétuel)...

III

Le centre de gravité

« Je serais de marbre pour le monde.
De feu, pour toi. »

Alexandre Romanès, *Paroles perdues*

33

– Attendez, il s'appelle Caille, comme l'oiseau ?

– Comme le Tora Kaï. C'est un molosse qui protège les bêtes des loups, au Japon. Et c'est pas la peine de tout noter, on se quitte dans une heure.

L'interne rit.

– Et avant de bouffer du loup, son nom d'humain, c'était quoi ?

Becca hausse les épaules, repousse une dreadlock derrière l'encolure de son sweat-shirt et grommelle : 'Toute façon, j'ai pas besoin de son autorisation. Elle termine de remplir la fiche.

– Vous êtes entrée comment dans ce… « groupe » ?

Elle se moque des guillemets de ses quatre doigts levés.

– Ça s'appelle une communauté religieuse. J'avais un ami chez les Purs, les Frères de Plymouth c'est leur nom officiel. Il les a quittés pour les Simples. Il m'a présentée à Kaï.

L'interne bloque. Trop d'infos.

– Bien. Ça a le mérite d'être clair.

Il est jeune, pourtant il emploie des expressions de vieux.

Le pêle-mêle derrière le bureau est recouvert de photos de nourrissons roses et chauves. Ils sont bêtes d'afficher ça.

L'interne tire sa fiche vers lui et la parcourt en pensant à autre chose, ça se voit.

– Il faudrait mettre un numéro de téléphone là. Vous avez quelqu'un qui pourra venir vous chercher après ?

– C'est pas nécessaire.

– Si vous le dites.

Elle n'aurait pas dû écrire l'adresse sur la fiche. Ils n'ont pas à savoir. Les nourrissons sur le pêle-mêle ont des visages de vieillards. Quand Dom est né, dans la baignoire du deuxième étage de Malerne, il avait déjà un duvet de cheveux noirs.

– Ça va ? demande l'interne gentiment.

– C'est vous qui allez le faire ?

– Non, moi je suis seulement là pour vérifier que c'est le bon choix.

– C'est bon alors, c'est pas comme si j'étais malade non plus, 'toute façon j'en ai marre là, c'est pas...

– Ne vous énervez pas, Rébecca, c'est pour vous aider qu'on discute.

– Becca. Rébecca, ça existe plus. Et je suis pas énervée.

34

Le dernier samedi du mois d'août, les gens vont faire leurs courses à l'hypermarché du Puy, certains poussent jusqu'à Saint-Étienne ou Valence, histoire de faire une sortie, que la rentrée ne soit pas que déprime et dépenses.

Lola a laissé le bar sous la responsabilité du cuisinier, elle veut acheter un nouveau blouson à Melisa, profiter d'un après-midi pour discuter, vérifier que sa fille a bien en tête l'importance de l'année. Le CAP, c'est un nouveau départ, il faut qu'elle se reprenne après l'été caniculaire, après les semaines à traîner, à s'éloigner d'elle comme jamais. Lola veut trouver un cadeau pour Ada aussi, c'est son anniversaire demain, soixante-dix ans. Même si elle ne veut pas les fêter, Lola va lui offrir quelque chose, *algo bueno, algo que viene del corazón*, elle a mis des pourboires de côté.

Cette histoire de *gitano* la tracasse. Ils ne parlent plus que de ça au café. Le gitan et la météo. Les paroles tournent en rond. Ada rosit comme une adolescente quand elle parle de lui. Ce serait beau qu'elle rencontre quelqu'un. À soixante-dix ans c'est possible, les sites de rencontre, les petites annonces, à force de sorties partagées, un cinéma, un voyage, des couples de vieux se forment. Par contre, *el viejo gitano, no promete maravillosos viajes*. Caravane ou pas, ce type-là, c'est la galère assurée.

Alors que Melisa fait la gueule depuis le début du trajet, d'un coup elle retire ses écouteurs et monte le volume de son téléphone pour que sa mère entende le nouveau son de PNL. C'est ce qu'elle dit, le nouveau son. Lola déclare que c'est génial, c'est parfait même, puisque la musique crée de la chaleur entre elles, une intimité qui avait flétri, et bien que les voix vocodées l'agacent, elle se met à chanter à tue-tête. *P't-être que ça m' permettra de devenir quelqu'un d'autre, p't-être que j'aurai plus de lumière pour les nôtres…* Tout en fredonnant, elle s'allume une cigarette et Melisa râle, *¡apesta mamá!*, rigolant, étirant ses jolis pieds sur le tableau de bord comme quand elle était petite. *Et j'vise le paradis, élevé par la plus forte des femmes… j'vise le paradis !*

Quand la voiture longe les deux terrils, la voie express se met à bouchonner. Melisa enfonce ses écouteurs dans ses oreilles et se ferme à nouveau. Lola lui pincerait bien le genou, l'inciterait à parler par une question ou un compliment, mais sa fille a le même sang chaud qu'elle, il faut laisser filer quand elle ne veut pas.

La voiture à l'arrêt, Lola étudie les conducteurs et leurs passagers, les gamins à l'arrière des berlines, les femmes bronzées, les déjà fatiguées, les pères de famille aux épaules lourdes et les jeunes aux visages nerveux. La France tout entière va faire ses courses. La rentrée, c'est ça, *el recambio* de voitures et de caddies chargés comme si demain c'était la guerre.

35

Les circaètes Jean-le-blanc se retrouvent chaque année, au début du printemps. Le mâle se réinstalle d'abord, une semaine à défendre le territoire par des vols en feston qui terrifient les autres oiseaux. Ses cris flûtés se calment quand enfin la femelle arrive. Leur arbre, un chêne à feuilles persistantes, possède une belle branche à découvert d'où ils promènent leur regard jaune à l'affût des couleuvres et des lézards. La femelle, plus téméraire et imposante, attrape parfois une vipère qu'elle emporte sur un perchoir et dévore avec précaution. Elle n'est pas immunisée contre son venin.

L'emplacement du nid obéit à une logique impénétrable. L'année dernière, il était contre le tronc, caché entre deux branches touffues; cette année, il est près de la cime, visible et victorieux. La grosse tête disproportionnée de l'oisillon dépasse des rameaux. Quand le petit dort, les circaètes planent, nonchalants et bruns au-dessus des houppiers. Ils s'immobilisent au gré du vent en un vol stationnaire que les ornithologues nomment le vol du Saint-Esprit.

Ils se sont habitués à la présence d'Ada. Si elle montait à l'arbre, ils fondraient probablement sur elle, mais tant qu'elle se présente aux mêmes horaires et se meut de façon plus ou moins égale, elle appartient à leur monde, intelligible et inoffensive.

Elle a lu que les couples de circaètes se choisissent pour la vie. À la maturité de l'oisillon, chacun file seul en direction de l'Afrique. Ils ne se côtoieront plus jusqu'au printemps suivant. Vivre en circaète a du sens. Se trouver, se réparer, se séparer, se retrouver une saison par an. Les humains ont inventé d'autres relations, les humains craignent sans doute la liberté.

Dans la perspective, les troncs gigantesques forment d'infinis passages mystérieux. Ada avance, entre pénombre et soleil, ses jumelles autour du cou, elle s'est souvenue qu'il lui fallait son chapeau. Ses orteils jonglent avec les petits cailloux glissés dans ses chaussures de randonnée. Les rais de lumière fissurent la canopée. La brise semble capable de parole et le sol se gorge de mémoire. Si Graff reste assez longtemps et qu'il retire un jour ses plâtres, elle lui montrera ce sentier.

Elle se prépare à trouver le nid vide. L'oisillon a cent dix jours. Depuis deux semaines, il chasse lui-même les petites couleuvres et joue dans les courants ascendants.

Elle a soixante-dix ans aujourd'hui. Est-ce que Becca a remarqué la date ? Lui revient-il le souvenir d'autres anniversaires ? Le matin de ses cinquante-cinq ans, Ada avait trouvé sur sa brosse à dents une bague ornée d'un brillant bleu électrique. Becca l'avait gagnée à la foire. La pierre me fait penser à tes yeux, *mam*.

Ada a enfilé la bague ce matin, son seul geste pour marquer l'occasion.

Où va l'amour quand il se détache ? La question lui évoque les *koans* zen, ces énigmes censées stopper la pensée et libérer l'esprit. *Quel est le son d'une seule main qui applaudit ? À quoi ressemblait ton visage avant la naissance de tes parents ? Comment éteindre le feu de l'autre côté de la montagne ?*

Elle approche de la partie accidentée de la forêt où un chaos rocheux permet de distinguer la cime du chêne. Elle lève ses jumelles.

– *There you are!*

Chacun sur une branche, la tête dirigée vers le sol, sensible au moindre mouvement.

La femelle rapace émet soudain un *pieuu-pieuu-pieuu* nostalgique, soupir d'oiseau. Les deux mâles somnolent. Ils économisent sans doute leurs forces pour le voyage. D'année en année, Ada a témoigné d'immobilité avant le grand départ.

36

Au crépuscule, en passant devant la friche, Ada remarque deux gendarmes postés devant la caravane, en pleine conversation avec Graff.

Elle gare vite la voiture dans son garage et se recoiffe, sa promenade dans la forêt a ébouriffé ses cheveux.

– Messieurs.

– Bonsoir, madame Deletang.

Ada les toise : elle les connaît depuis longtemps, le plus jeune lui commandait des albums de mots croisés à la librairie. L'autre était un patient de Guy. Le jeune tient encore le passeport de Graff. Qui s'est appuyé contre la caravane, la mâchoire raide.

– Qu'est-ce qu'il se passe ?

– Rien de grave, madame Deletang. On voulait seulement s'assurer que monsieur avait l'autorisation de camper sur le terrain…

– C'est mon terrain.

Le plus jeune agite la tête, embêté.

– On le sait bien que le terrain est à vous. Mais voilà, on a eu quelques plaintes. La musique, la poubelle, tout ça…

– Et les papiers du monsieur ne sont pas complètement en règle. Monsieur… Balcesci a un passeport roumain.

– *Bălcescu.* Je visite.

Les gendarmes ont un instant d'arrêt. L'un des deux lui fait remarquer que Graff était avec le cirque, il n'est pas précisément un touriste.

– M. Bălcescu est un vieil ami, déclare Ada.

– Je viens faire de la randonnée, ajoute Graff, les yeux rieurs.

Les gendarmes capitulent, le plus gradé se permet néanmoins d'insister sur la nécessité de ne pas faire d'histoires.

Ada les regarde partir, énervée.

– Je suis désolée.

Graff hausse les épaules, les gendarmes lui importent aussi peu que la direction du vent.

– J'ai commencé une nouvelle liste, annonce-t-il.

Le soir est tombé, il pense qu'elle va emporter les mots chez elle, mais voilà qu'elle chausse ses lunettes et se met à lire à haute voix de son drôle d'accent. Mât pendulaire, mâts oscillants, ménagerie, mentalisme, météore… Météore ?

– Le plongeon du haut d'une échelle.

– C'est joli. Et *micos* ?

– C'est du verlan. Tu vois ce que c'est, le verlan ? ajoute-t-il.

– Une rime molle ?

Prononcée d'un ton innocent, l'œil joueur. Graff ne comprend pas encore son humour.

Il regarde la broche accrochée à son chemisier, elle la portait déjà l'autre jour, un cheval à l'œil rouge, fabriquée sans doute en Bohême.

– On dit pistard aussi. Le micos monte et démonte les cages des fauves, déroule les tapis, apporte les accessoires…

– On peut être micos toute sa vie ?

– À condition de courir vite.

Elle décompose un autre mot.

– *Hôbeney ? Haubaner ?*

– Encorder, consolider. Comme pour un navire. Savoir nouer, c'est vital au cirque.

– Vous avez été haubanneur, vous ?

– Moi, j'ai tout été.

En 1968, il avait débarqué à Montreuil, dans la banlieue parisienne. S'y trouvaient des campements roms, des bars de musiciens et des vergers de pêchers. Pendant deux ans, il s'était improvisé saisonnier. Cueilleur saisonnier, serveur saisonnier, cambrioleur saisonnier, embrouilleur de premier ordre. Il n'approcha pas un filin de funambule de près ou de loin.

Arpenter le fil, cela aurait été revenir à l'Est, à Raluca, au grand merdier de sa vie. Il ne pouvait ressusciter les enfants perdus, ni se confronter à l'échec de son amour. M'aimer, *m'aimer vraiment,* c'est me regarder tomber, lui avait dit Raluca. Graff ne savait pas aimer ainsi.

Un jour, lors d'une bagarre triviale, il faillit tuer un gitan. Il quitta Montreuil et s'installa en Suisse. À Lausanne, la patronne du cirque Cristal le reçut, allure de *movie star.* Elle acceptait de l'intégrer à la troupe. Tu préfères nouer ou voler ? Hé, je te parle de trapèze, pas de cambriolages de petite frappe ! Graff préférait voler, il était né pour ça ! Elle voulait savoir s'il pratiquait le fil. Non, il n'aimait pas le fil. La patronne avait rigolé : Tu vas faire des nœuds alors, histoire de te donner envie !

Les huit acrobates du Cristal le mirent à l'épreuve pendant douze mois. Des milliers de nœuds et d'encordages, des échelles déplacées cent fois avant qu'on lui accorde le droit de s'enrouler autour d'un trapèze. Graff était le seul Rom dans la troupe, le seul Roumain aussi. Les autres venaient de Suisse, d'Allemagne, d'Italie. Le matin, la piste était occupée par les animaux, ils s'entraînaient tard la nuit une fois le spectacle terminé. Graff apprit vite à voltiger. Il continua à refuser le fil.

– *Pyramide ?* énonce Ada, levant les yeux de la feuille de papier.

– La pyramide humaine, un arbre d'acrobates. J'étais léger dans le temps, c'était à moi d'atterrir au sommet. Je me lançais d'un trapèze à dix-huit mètres du sol.

– Il y avait un filet ?

– Hélas.

– Pourquoi hélas ?

– Je ne suis pas un poisson.

Ada rigole et lui demande si son oreille a été déformée par un hameçon dans le filet.

– On a tous les oreilles cassées. Nos camarades atterrissent de tout leur poids sur nos épaules, les bottes nous blessent et nous blessent encore, chaque fois la plaie se rouvre, la chair durcit. Puis un jour, l'oreille devient indéchirable. C'est à ça qu'on reconnaît un acrobate expérimenté : ses oreilles ont cicatrisé.

Il frime. Pourquoi est-ce qu'il frime ? Cette femme attire les mots, elle écoute et relance, et les exploits accourent comme des chevaux excités.

– Vous n'êtes jamais tombé ?

– Je n'ai fait que ça, tomber. Tomber, c'est voler.

Il voit ses yeux rire, voit aussi qu'elle se redresse contre la fatigue, elle devrait emporter la liste chez elle.

– Bon, dit-elle, je vais préparer un frichti.

– C'est quoi, un frichti ?

– Une improvisation. Venez. S'il vous plaît. C'est mon anniversaire.

Le foulard autour de son cou doit être un cadeau. Un truc en satin qui sent encore l'emballage. Un voile de coton bleu nuit, ou violet, lui siérait mieux.

Ada lève un sourcil amusé.

– Vous ne souhaitez pas connaître mon âge ?

– Vous savez que votre broche, là, le cheval, ça vient de chez nous ?

Elle porte la main au bijou, se souvient des paroles de René et formule sa phrase :

– On dit bohémien ou Tsigane… ou Rom ? Qu'est-ce qui est correct ?

– On dit Anglaise ou Galloise ?

Elle est émouvante quand elle rit. Il remarque la bague à son doigt, de la pacotille, comme celles gagnées aux stands de tir des fêtes foraines.

– Joyeux anniversaire, dit-il d'un coup.

Ils s'installent dans le jardin. Ce soir, Graff apprécie le vin, un rouge terreux qui sent la brume et l'automne. La chicorée est semée de baies rouges, la vinaigrette forte en moutarde, les tomates qu'Ada a cueillies devant lui ont un goût de framboise. Il l'observe à la dérobée. Elle a retiré son foulard hideux. Son cou nu porte les cercles de l'âge, l'humain vieillit comme l'arbre. Comment se nomme ce creux à la base du cou qu'elle protège par moment, d'un geste instinctif ? Elle raconte que son beau-père a abrité des Roms pendant la guerre, la broche était peut-être un cadeau.

Le cri d'une chouette hulotte perce la nuit. Chacun songe au mauvais présage qu'il pourrait être, puis se ravise : c'est seulement un oiseau qui vante la profondeur de son domaine.

De but en blanc, Ada lui révèle l'avoir déjà vu. C'était il y a vingt-cinq ans.

– À Anduze, un festival de rue. Votre fil s'étirait entre deux platanes géants. Vous étiez magnifique. J'aurais dû aller vous remercier, après le spectacle… j'étais timide.

Graff ne se souvient plus des villes, des compagnies, des femmes. Il aimerait qu'elle répète ce mot, *magnifique*.

– Vous voulez un dessert, du fromage ?

– Si t'étais venue me parler, je t'aurais embrouillée. « Un ticket VIP pour le prochain spectacle, mademoiselle ? », et tu te serais retrouvée assise sur un pauvre banc même pas au bord de la piste. Je t'aurais vendu de l'artifice, des légendes de funambule, n'importe quoi pour connaître ton adresse et tes habitudes. Un jour, tu serais partie en week-end, j'en aurais profité pour vider ta maison. Y compris prendre ton cendrier en argent et le manteau de ta cheminée dans le salon.

– De quelle manière ? rit Ada.

– En passant par le champ avec trois gars. Une camionnette dans la forêt. Un gamin dans la rue qui siffle en cas de problème. Une fois, à côté d'Autun, on a vidé un château en entier, portes et baignoires comprises, plus de dix kilomètres à pied à travers les bois. Trois camions nous attendaient sur une aire de pique-nique. On a roulé toute la nuit. À l'aube, les antiquaires de L'Isle-sur-Sorgue nous accueillaient avec un café et des croissants.

Ada fait tourner le vin dans son verre. Il ne parvient pas à lire son expression.

– Ça te contrarie ?

– Non. Mais je ne suis pas sûre de vous croire.

– Et pourtant…

Du village proviennent des bruits de fête. Lola a installé une enceinte sur la terrasse du café. Elle a le droit d'écouter de la musique, elle. Les deux gendarmes sont probablement accoudés au bar, en train de déballer chaque détail de leur visite au Gitan.

– Le fil, vous le pratiquez encore ? Je veux dire, avant votre chute…

– Non. Mes mains tremblaient.

– Pas vos pieds ?

– C'est les mains qui ajustent l'axe, même sans balancier. Le centre de gravité guide la traversée, les mains empêchent la chute. Philippe Petit funambule chaque jour, c'est un grand artiste. Moi, j'ai décroché à cinquante-cinq ans, on a trouvé des jeunes pour me remplacer.

– Alors, vous faites quoi au cirque ?

– J'entraîne les jeunes, je m'occupe des chevaux, je donne des coups de main.

– Sans trembler.

– Sans trembler.

Le fil l'avait rappelé. Un soir d'été, sur une aire d'autoroute en Suisse. Il avait trente ans. Une acrobate avait tendu sa slackline entre deux camions pour s'exercer, faire passer le temps. Elle s'éloigna quelques minutes pour acheter des bières. Graff posa le pied droit sur la sangle et se propulsa, une jambe brièvement dans le vide, l'autre se contractant par souvenir, par nécessité. Un clown et quelques forains l'applaudirent. Graff écarta les bras et avança. Raluca ne l'attendait plus dans sa ligne de mire. Les spectres s'étaient évaporés. Il n'y avait que ses muscles battants bouillonnants bandés. Il n'y avait que l'équilibre et la gravité. Encore ! clamait son âme.

Certains soirs, il apercevait un voile ou une plume dans sa ligne de mire. Il suffisait de cligner des yeux pour l'effacer. La plateforme atteinte, les applaudissements sous lui, il avait du mal à décrocher. La nausée le prenait. Il lui arrivait d'envoyer le programme au diable, tant pis si le chef électro le maudissait et que les cavaliers retenaient, furieux, leur entrée en piste. Il s'élançait de nouveau, toxicomane amoureux. Les spots mouvants sous le chapiteau cherchaient son trébuchement, l'acier le repoussait, le désirait, le refusait. Les autres numéros, le trapèze, les sauts, les pyramides, c'était du surplace. Le fil, c'était la transformation.

Ada se lève et s'éloigne de son pas incertain, elle foule une terre souple. Graff imagine l'écriture de ce prénom sur sa chair. *Ada.* Il ne sait pas où il le tatouerait. Avec quel graphisme ? *ADA* ou *Ada* ? Le *d* divise et rassemble, ce serait plus joli en minuscules, les deux *a* prolongés d'une arabesque.

Elle pose un bol en verre sur la table. Du raisin noir. Les chauves-souris vont et viennent, la musique provenant du bar est subitement coupée, un voisin a dû râler, finalement.

Elle le voit se pencher vers sa cheville, une poigne chaude, familière. Il lui retire sa chaussure et la retourne pour en vider les cailloux. Ada ne savait pas qu'il savait. Sa main noueuse revient enlacer sa cheville.

– Il ne faut pas te blesser, Ada.

Elle pose sa paume sur sa joue ridée et ravagée, ce n'est pas elle qui le décide, sa main avance spontanément, elle ne songe à rien.

– Je me suis mal comporté avec la plupart des femmes que j'ai aimées.

Ada le fixe, les yeux brillants.

– Je veux bien tenter ma chance quand même.

Gravir l'escalier n'est pas simple, le plâtre alourdit sa jambe et le bois des marches est patiné. Sur le palier de la chambre, Graff entend les battements désordonnés de son cœur. Ada a dénoué ses cheveux et s'est glissée sous le drap, et tout ce qu'il veut, c'est se déshabiller, sentir sa peau contre la sienne.

Elle l'aide à glisser le pantalon par-dessus le plâtre et déboutonne sa chemise qu'elle laisse ouverte, la retirer créerait trop de maladresse. De sa main libre, il caresse son ventre et ses cuisses froissées, et sa toison aussi parsemée et grisonnante que la sienne. Il empoigne ses fesses, attrape ses hanches, le lit grince. Ada rit des lattes gémissantes. Graff est parcouru par trop d'émotion pour rire. Les cheveux de la femme dégagent un parfum minéral et la peau de ses seins est fine comme de la poudre, il a le sentiment de faire la chose la plus importante de sa vie.

Ada se dégage et s'allonge sur le côté, paupières baissées. Graff se redresse de sorte à appuyer son dos contre la tête de lit et reposer son plâtre sur son ventre. Son cœur bat moins vite à présent, mais il apprécie la fenêtre ouverte, l'air tempère le mouvement de son sang. Au mur, le portrait d'une fillette aux longs cheveux noirs. Une pile de livres au sol. La lampe qu'Ada a posée par terre pendant qu'il montait l'escalier, comme pour le guider sans l'aveugler.

Il passe sa main sur sa nuque, la fragilité de son crâne, sa longue chevelure plus blanche que le plâtre qui emprisonne son bras. Ses cheveux ont l'odeur de la rivière, décide-t-il, mélange de pluie et de sable. Elle enfonce un oreiller sous sa tête et se tourne vers lui, l'œil rieur.

– Voilà, dit-elle.

– Voilà.

Il boite jusqu'à la salle d'eau adjacente à la chambre pour boire. À poil, encombré de ses plâtres.

– Je rêve de toi depuis vingt-cinq ans, dit Ada.

Le grand-père de Graff avait rêvé de Chirikla avant de la croiser dix années plus tard sur un marché aux chevaux près de la frontière moldave. Sa taille présageait sans doute l'importance de leur rencontre, car dans le rêve Chirikla le dominait d'une tête alors qu'elle était menue et petite dans la vie. Que le rêveur se rappelle ou non son rêve, Graff sait que les rencontres imaginaires aimantent le réel. Ce qui le surprend, c'est d'avoir figuré dans un songe sans le deviner.

– Je regrette de ne pas avoir rêvé avec toi. Tes fesses devaient déjà être belles il y a vingt-cinq ans.

Ada trouve extraordinaire de piquer un fard à son âge. Graff sourit de la voir rougir et lui raconte qu'enfant, il partageait la caravane de ses grands-parents. Certains jours, à la vue de tous, sa grand-mère pinçait brusquement les fesses de son mari. Le grand-père, d'une nature timide, plaquait ses mains sur ses joues pour cacher son émotion.

– Ça m'amusait beaucoup de voir ça. Alors un jour, j'ai demandé à ma grand-mère qu'elle lui pince les fesses plusieurs fois de suite, histoire de voir comment il réagirait. Elle m'a répondu avec sévérité qu'elle ne pouvait pas faire ça. «Je le pince quand j'ai envie de faire l'amour. Si je le pince n'importe quand, n'importe comment, il ne comprendrait plus.» À mon tour de rougir.

Autour de minuit, Ada l'entend se lever, s'habiller et descendre gauchement l'escalier. Elle se dit qu'il ne reviendra pas, la chambre est trop petite pour le contenir.

Dans ses rêves, le funambule s'éloignait toujours d'elle, comme sur ce fil tiré entre les deux platanes d'Anduze. Au retour de ce spectacle de rue, elle avait fait l'amour avec Guy. Becca fut conçue cette nuit-là. L'heureuse conséquence d'un vertige amoureux. Sa fille avait-elle eu deux géniteurs? L'homme qu'Ada inventait entre les draps et celui qui s'appliquait à l'aimer avec tant de sincérité.

La vieille femme ramène le drap contre sa poitrine: non, un seul père suffit pour qu'on vienne au monde. Le funambule n'avait eu guère plus d'influence que la marée sur les fougères ou la lune sur le blé.

Elle est réveillée à nouveau. La main de Graff caresse sa hanche.

– Ta main est douce, dit-elle, s’étonnant de prononcer une phrase pareille.

– C’est à cause de l’argile.

Elle rigole, mystifiée.

– Dors, Ada, on n’est pas encore demain.

37

Au lever du jour, le gitan retourne auprès de la jument qui renâcle et frissonne tandis qu'il tapote doucement l'argile pour la faire craqueler et lui libérer la jambe. Il passe un chiffon imbibé d'eau sur son poitrail et détache la corde afin qu'elle puisse faire un tour.

Dans l'espace exigu de la caravane, il se déshabille et considère son corps dans le reflet de la vitre, se tournant à gauche, à droite, sans manifester le moindre sentiment.

Au bout d'un instant, il décide que les plâtres verrouillent ce qu'il lui reste de potentiellement beau. Il attrape sa caisse à outils sous la banquette et casse le plâtre qui confine sa jambe à l'aide d'un marteau. Il termine l'affaire avec un tournevis et un canif. Il s'attaque ensuite au plâtre de l'avant-bras qu'il tape contre le rebord de l'évier et, comme cela ne suffit pas, il le brise d'un coup sec contre le muret dehors. Les fissures laissent apparaître la gaze transparente qu'il déchire avec ses dents, répandant une poudre blanchâtre sur le sol.

Ses membres atrophiés et gris retrouvent le contact de l'air. Il sait que rien n'est réparé. Il se contente d'avaler le quart d'un des cachets prescrits pour le cheval, avant de se préparer des pâtes, car il a subitement très faim.

38

Il est neuf heures passées. Une fraction de seconde, sa nudité sous le drap la déroute, puis Ada se souvient.

Dans la cuisine, elle ouvre grand la porte sur le jardin et prépare du thé, s'agrippant à la familiarité des gestes pour ancrer son cerveau qui chancelle comme après une nuit d'alcool. Le ciel est aussi bleu que la veille. En un flash, elle a le goût de Graff – qui a disparu, sans lui dire au revoir – et ferme les yeux. Un tas de gens couchent ensemble et s'ignorent le lendemain. À cette pensée, une boule obstrue sa gorge, signe précurseur des larmes. *Stop it, you're being stupid.* Elle appuie ses pieds nus sur le sol frais. Jamais plus les gravillons n'accompagneront ses défaites. Elle a soudain envie d'arracher l'herbe avec ses orteils et d'arpenter le village, vêtue d'un manteau violet et d'un chapeau rouge. Va te baigner, Ada, l'eau restaurera peut-être ton équilibre mental.

Elle remonte la rivière, s'appliquant à dessiner une brasse parfaitement symétrique. Au bout d'une quinzaine de minutes, son esprit se calme suffisamment pour admettre qu'une vitalité inédite inonde son corps. La suite logique de la nuit précédente. Elle se retourne et se laisse flotter sur le dos jusqu'au point de départ.

Depuis la rive, elle aperçoit Graff quelques mètres en aval. Qu'il ait retiré ses plâtres l'agace intensément, bien que ça ne la regarde pas. Elle lui crie que l'eau est boueuse là-bas. Il se détourne. Comme si elle n'existait pas.

Ada empoigne son peignoir qu'elle compte enfiler avant de le traiter de vieux con, c'est l'expression qui lui vient. À l'endroit où les saules strient l'eau de figures éphémères, un martin-pêcheur plonge en piqué, puis s'envole en lançant un cri de frustration. Ada sympathise, elle pousserait volontiers quelques rugissements.

Graff est soudain contre son dos, ses bras mouillés enlaçant ses épaules de la façon la plus naturelle du monde.

Elle se dégage.

– Tu es amétrope ou seulement malpoli ?

– *Amétrope*, je ne connais pas…

– Ne t'inquiète pas, je n'ai pas l'intention de t'épouser !

– Heureusement.

Elle cherche à garder son sérieux.

Ils se font face, chacun sur son petit bout de sol, Ada dans son peignoir informe, Graff dégoulinant d'eau et précaire sur sa jambe cassée, les cheveux en bataille, dans sa nudité émouvante. Elle aperçoit la calligraphie qui fait le tour de son poignet droit. *Raluca.* L'homme porte sur la peau les femmes qu'il a aimées. Celles avec qui il s'est mal comporté.

– Je me lave le matin avant d'adresser la parole à qui que ce soit.

– On a passé la nuit ensemble !

– Justement. Je m'éloigne pour me laver, tu t'éloignes pour te laver. Ensuite, nous pouvons bavarder.

– Tu sais qu'on vit au XXIe siècle ?

Il grommelle quelque chose d'inaudible. Ada se mord la lèvre, elle est allée trop loin.

– C'est une coutume des Lovara ?

Il ne lui répondra pas. Il s'est déjà surpassé en lui expliquant la raison de son éloignement.

À sa grande surprise, il opine. Elle déclare que c'est une jolie tradition, partager la même salle de bains a tué plus d'une histoire d'amour. Il se contente de lui lancer la serviette et de tituber en direction de ses vêtements, s'ébrouant à la manière d'un chien. On pourrait aller se faire du bien dans les fourrés? crie-t-il. Il se tient aisément sur un pied pour enfiler son pantalon. Ada considère le pré, les toits en lauze visibles en haut de la colline. L'idée de refaire l'amour ne lui déplaît pas, mais ils risquent d'être vus. Cette pensée suscite en elle un léger frisson. Cessera-t-elle un jour de se soucier de l'opinion des autres?

– Je remonte, dit Graff, ne m'attends pas, j'en ai pour cent ans.

Il sait lire ses pensées.

À treize heures, ils sont de nouveau au lit, délivrés des plâtres, déliés par la chaleur. L'empreinte qu'ils laissent sur le corps de l'autre est plus inaltérable que le deuil libéré par leurs ébats. Le chagrin de perdre sa fille, de perdre ses enfants, la rage contre le temps et l'insignifiance, l'inquiétude d'avoir trop aimé ou mal ou pas assez, ces choses sont simultanément présentes et lointaines.

Graff somnole en travers du lit, ses membres nouvellement déconfinés s'emmêlent au drap. Ada l'écoute respirer. L'homme endormi est plusieurs choses à la fois. Les traits autour de sa bouche racontent l'amertume et la dérision, mais ses yeux brillent et ses mains sur ses hanches étaient tendres et confiantes. D'éternelles insatisfactions le remuent, comme si ce qu'il voulait atteindre lui avait échappé. Elle s'imagine vieillir auprès de lui, s'amuse de son romantisme; ils sont vieux, elle ne devrait pas chercher à connaître la fin de l'histoire.

Elle descend à la cuisine, une envie soudaine de citronnade. Elle presse les fruits, mesure le sucre roux, pose deux verres et des abricots sur un plateau avant de réaliser qu'elle est nue comme au premier jour.

Graff se met à lui parler. Pendant son absence, il a étudié les portraits au mur. Sa fille est aussi belle qu'elle, toutefois son mari ne lui inspire pas confiance. Peut-on retourner la photo la prochaine fois ? Ada rit et caresse sa cheville enflée, étourdie par l'émotion qui la submerge au contact de sa peau.

Graff boit le verre de citronnade d'une traite et lui avoue qu'il plane un peu, il a avalé une deuxième dose d'Equipalazone après sa baignade.

– Il y a des plâtres plus légers, le jeune médecin de La Roque t'en posera. Il ne va pas aimer que tu te sois charcuté comme ça.

Elle ajoute qu'en anglais, charcuter se traduit par *hack*, qui signifie aussi vieux cheval.

– Ta voix est différente quand tu parles anglais.

– Différente comment ?

– Plus profonde, comme si tu prononçais un secret.

Il déchire en deux un abricot et lui offre une joue.

– En Roumanie, quand je rentrais de l'école, ma grand-mère me demandait ce que j'avais écrit et surtout, quel secret j'avais révélé. On a longtemps interdit l'écriture, pour ne pas figer les choses. Pour se protéger de vous aussi.

Ada essaie de masquer son agacement, elle n'aime pas être associée au « vous ».

– Tu me regardes avec tes yeux fâchés, mais au mieux, les *gadjé* nous ignoraient, au pire, ils voulaient notre peau.

Il étudie la couverture du *Petit Livre du Zen* posé à côté du lit.

– Lis un peu, tu veux.

Ada choisit une page. Graff l'écoute parler du silence et de la rigueur et décide que les Japonais et les Lovara sont aussi dissemblables que le pôle Nord du pôle Sud. Toutefois, les maîtres zen feraient de bons funambules.

Ada repose le livre et s'assoit sur le bord du lit pour s'habiller.

– Pourquoi tu laisses une lampe allumée toute la nuit ?

– C'est une habitude. Ça te dérange ?

– Les habitudes ? Oui.

Il caresse son dos, translucide dans la pénombre. Ada a tiré les persiennes avant de défaire sa robe.

– C'est Lola, mon amie du café, qui m'a donné ce livre.

– Elle est japonaise ?

– Absolument pas ! Sa mère est gitane, paraît-il. Elle m'a dit de me méfier de toi.

– Ah ouais, je vais te mentir, « *čorer* » l'argenterie, placer un sortilège sous ton lit.

Les yeux d'Ada pétillent.

– Tu vas cacher un sortilège sous mon lit ?

– Ton amie, elle devrait fermer sa bouche, sa mère aurait honte.

– Elle s'inquiète seulement pour moi, ce n'est pas méchant…

– Les gens s'inquiètent, oui. Pourtant, nous, on n'a jamais tenté de voler votre histoire ou votre langue ou vos routes. Oui, on a volé des poules. On volait aussi de nos propres ailes. Dis-moi, Ada, tu me fais passer par le pré parce que t'as honte de me fréquenter ?

Il se tourne vers la fenêtre, il n'attend pas de réponse.

Ada lisse ses cheveux, les épingle, reste cependant au bord du lit, troublée par la colère qui a envahi la pièce.

Au bout d'un instant, Graff lève son bras pour suivre du doigt les volutes de poussière dans la lumière des persiennes.

Ada songe que ce qui les rassemble n'est ni un charme sous le matelas, ni une noirceur commune, mais ce furieux besoin d'attraper la lumière lorsqu'elle s'échappe d'une fissure. Et que ce besoin ne sait pas de quoi il est fait, ni ce qu'il vient combler.

– Graff, je n'ai pas honte de toi. Et je ne te volerai rien, je ne veux rien te prendre.

Le vieil homme fixe la fenêtre. S'il acquiesce, il mentirait. S'il lui dit que chacun prend et s'approprie l'autre à l'infini, il va la blesser.

Il se tourne vers elle. Elle a attaché ses cheveux et enfilé une chemise. Son visage témoigne d'une inquiétude qui n'existait pas lorsqu'ils faisaient l'amour. Alors, il lui tend la main.

– Viens, Ada, on parle trop, c'est l'heure de la sieste.

Ma mère plongeait chaque année « sous la météo ». C'était l'expression qu'elle employait. Les Britanniques sont les rois de l'euphémisme.

On ne consultait pas de psychiatre dans les années soixante, en tout cas, pas dans les villes minières du Pays de Galles. Le stress post-traumatique n'avait pas été inventé, le mot « dépression » était suspect, à peine osait-on demander au médecin rattaché à la mine un remède contre la « fatigue ». Soupirer, relever la tête, accomplir ses devoirs quotidiens, le baromètre va remonter, c'est ainsi que les femmes de mon enfance combattaient leurs démons.

La plupart du temps, ma mère s'occupait de la maison d'une main à la fois douce et intransigeante. Le soir, elle raccommodait les épaisses chaussettes de mon père, nous tricotait des pulls aux couleurs vives, tentait de comprendre, son crayon pointant les colonnes de chiffres, où étaient passées les trois livres qui manquaient invariablement à la fin de la semaine. Elle me punissait – Ada, dans ta chambre ! – quand je me battais avec les garçons ou que je partais courir dans les environs sans prévenir. Elle nous amenait à la bibliothèque, parfois à la salle des fêtes, et nous embrassait, chacun dans son lit. « Night night, sleep tight, don't let the bugs bite. »

Puis, soudain, chaque 22 septembre, elle se retirait.

« Je suis sous la météo », fumant cigarette sur cigarette, frigorifiée et immobile dans la cour, un fantôme traversé de souvenirs. Quand

elle fut admise à l'hôpital de Swansea, on nous dit qu'elle serait plongée dans un sommeil artificiel et qu'elle rentrerait reposée. Nous étions réconfortés par l'idée que quelqu'un, quelque part, empêche notre mère d'être avalée par une date anniversaire : la mort de son père et de ses deux frères lors de l'incendie souterrain à la mine de Gresford, le 22 septembre 1934.

Je te raconte cela pour que tu comprennes. Ce qui se déroula plus tard, en 1965, nous sembla inédit, cruellement et atrocement unique. Mais pour ma mère, c'était un écho.

(*Extrait des lettres d'Ada*)

39

Pour protéger le secret, Dom cesse de parler. Il les entend dire qu'il est en état de choc. Pauvre gosse, abandonné par sa mère du jour au lendemain. Elle va revenir, répond Jean-Jean. Ça m'étonnerait, rétorquent les autres, sinon Kaï serait pas énervé comme ça.

Kaï soulage ses nerfs en arrosant les plants de marijuana, en attirant les papillons avec de l'eau sucrée, en chantant des hymnes qu'il invente lui-même. Au bout de cinq jours, il soulage ses nerfs en concevant une correction à distance et tous se rangent en cercle et observent la chaise vide au centre, le maître à genoux, ses poings creux sans la chair de Rébecca, sa favorite, sa prédestinée.

Il pose sa main sur l'épaule de Dom et lance l'accusation première d'une voix métallique : Est partie !

Les autres girent, renchérissent, de plus en plus sérieux, de plus en plus excités. A déserté ! A transgressé ! A abandonné ! A dégagé ! A foutu le camp…

– Il se peut que Rébecca soit morte, déclare Jean-Jean avec douceur.

Ils s'immobilisent, sidérés. Jamais on ne contredit l'élan de la correction ! Kaï fixe le vieil homme, puis lève les yeux au ciel comme s'il était sénile. Jean-Jean n'est pas sénile, songe

Dom. Et elle n'est pas morte. La ronde s'est remise en branle. S'est barrée ! hurle Gabrielle. A détalé. S'est débinée... La main lui broie l'épaule : Dom aussi doit crier. Le regard fixé sur lui, les adeptes tournent de plus en plus vite. Il ne trouve pas de verbe. La main va lui arracher l'épaule.

– S'est filoutée ! tonitrue Marthe. S'est escroquée !

– S'est... s'est... s'est... *éternuée* ! hurle Dom, le mot a jailli tout seul.

Personne ne le contredit. Ils passent gaiement à la cause du départ : Par folie par jalousie perfidie lâcheté connerie culpabilité paresse méchanceté ignorance caprice perversité scélératesse... jusqu'à ce que la chaise tombe d'elle-même. Dom se demande comment c'est possible.

En fin d'après-midi, la chaleur ne plie pas. Les Simples se cloîtrent, les uns affalés sur le canapé du salon, les autres inertes dans les chambres, le maître dans son bureau. Le parfum de marijuana adoucit l'air du couloir.

Dom monte au dortoir des enfants. Le fils de Claudia se réveille de sa sieste, ses petits doigts enfoncés entre ses lèvres. Marthe respire profondément, un livre ouvert sur sa poitrine, ses paupières dégoûtantes mues par un songe. La porte de l'armoire grince. Si elle se réveille, Dom dira qu'il cherche une chemise propre, il s'est sali dans le jardin. Il passe la main sous son pull gris et libère le paquet rectangulaire enveloppé de papier de soie. Depuis la nuit de la pluie, il l'observe, le range, ne le défait pas.

Debout sur la rive, il s'empêche d'appeler Sonja, elle pourrait aboyer pour un rien. Un campagnol file, une feuille tombe, et qui sait, aujourd'hui, bien que les Simples se fichent de Sonja, aujourd'hui ça pourrait les alerter. En plus, la vieille dame aux yeux bleus n'aime pas forcément les chiens, où irait Sonja ?

Le paquet serré dans sa main droite, il appose sa paume gauche sur son cœur. Il sait bien distinguer la gauche de la droite, il sait qu'il doit remonter la rivière et marcher dans le sens opposé au courant, il veut seulement se rassurer, sentir Rébecca, qui n'est pas morte, qui ne l'a pas abandonné. Ça bourdonne les oreilles d'y penser. Il appuie sur son thorax et entend battre son cœur : *lup dup lup dup lup dup lup…*

Pour longer la rivière, il faut enjamber les pierres et les racines, contourner un éboulement de terre, éviter les amas de roseaux. Quand le soleil tape sa nuque et la soif assèche sa gorge, le garçon se penche et plonge ses doigts sous l'eau en prenant garde de ne pas mouiller le papier de soie, déjà que sa sueur y a laissé de vilaines traces.

Les Simples doivent être en train de dresser la table pour le goûter. À moins que les hommes ne se rassemblent pour fumer, les femmes les rejoindront plus tard, personne ne remarquera son absence, sauf les chiens.

Une suite de buissons d'orties le contraint à couper son souffle. Il ferait pareil devant un nid de guêpes, seuls les taons résistent au sortilège. Rébecca craint les guêpes. Il suffit d'un vrombissement pour qu'elle détale en poussant de petits cris saccadés. Kaï estime que ses vies antérieures la rattrapent sous la forme de guêpes. En priant, cela s'arrangera.

Il y a une semaine, quand une guêpe s'est posée sur le poignet de Rébecca dans le potager, Dom n'a pas songé à prier. Coupe ta respiration, il a dit tout bas, et Rébecca s'est raidie, les yeux noyés dans les siens. *Ne respire pas, ne respire pas, là, là… elle est partie !* Rébecca a secoué la tête d'un air ahuri en déployant son vrai sourire.

Ce matin-là, Dom l'avait surprise dans le cabinet du haut où le siège en bois est fendu, la fissure pince les fesses. Il a ouvert la porte et Rébecca relevait la tête de la cuvette, les mains appuyées sur le rebord, les genoux pliés. Tu peux pas frapper, non ! Son visage tout blanc, s'essuyant les lèvres : Tu dis rien, d'accord ? Ça va aller.

La ripisylve le contraint à passer sous les barbelés et à longer un pré. Les yeux noirs et humides des vaches, leurs vains efforts pour chasser les mouches. Elles doivent avoir terriblement chaud, le fermier devrait planter des arbres.

Il retrouve la rivière et fait une pause pour étudier des copeaux de saule jonchant la berge. Ils mènent, quelques mètres plus loin, à un vaste nœud de branchages, l'œuvre d'un castor. Dom attend quelques minutes, au cas où le castor pointerait son nez, mais seules les hirondelles animent la surface de l'eau. Il secoue ses cheveux pour chasser les moucherons attirés par sa sueur.

Il entend des cris d'enfants bien avant d'atteindre les troncs habillés d'échelles et une suite de ponts branlants parmi les dômes feuillus. Un adolescent accroché à une corde hurle *baaatmaaaan*. Dom voit bien qu'il s'agit d'un jeu. Les autres aventuriers rigolent.

Tu passes discrètement, si quelqu'un te parle, tu dis que tu vas à la ferme… Je vais à la ferme, il répète, concentré sur la course des enfants dans les branches. Personne ne le remarque, comme personne ne semble remarquer la moiteur étouffante ou les gémissements des arbres millénaires.

En franchissant la limite du bois, il se souvient de la pièce de monnaie. De la sensation du métal ciselé entre ses doigts, de sa manière d'épouser parfaitement le creux de sa paume. Il n'est pas retourné à la cachette depuis le départ de sa mère. Pourtant, la pièce lui appartient, et il l'a oubliée.

Le livre serré contre ses côtes dans son papier froissé, il fait demi-tour en direction de Malerne. Tels d'anonymes soldats le ramenant au royaume, une nuée d'insectes l'accompagne.

40

Le policier fait glisser son stylo lestement entre ses doigts.

– Et vous faisiez quoi dans ce château, vous avez de la famille à Gleizé ?

– Quel château ?

– Le château où une dame de quatre-vingt-treize ans a failli avoir une crise cardiaque en vous découvrant en pleine nuit dans une chambre qu'elle pensait vide.

Becca fait la moue.

– C'est pas vraiment un château, vous savez, j'aurais plus dit une sorte de… manoir. Je croyais que c'était abandonné. Vu l'état.

– Vous êtes entrée quand même.

– Je voulais voir quel effet ça fait de dormir dans un lit à baldaquin.

– Alors ?

– Franchement, c'est marrant. Elle a porté plainte, la vieille dame ?

– Non.

Becca lorgne sur sa carte d'identité, posée sur le bureau à côté de *L'Équipe*. Le numéro du 5 septembre. Sept jours qu'elle est partie. Si elle téléphonait, qui décrocherait ? Jean-Jean répondrait sincèrement, les autres seraient capables de mentir. Est-ce que Dom est parti aussi ? Dis à Kaï de le laisser en paix. S'il te plaît.

Le policier continue à jouer avec son stylo. Elle faisait pareil au collège, l'ennui suscite un alphabet de gestes : la mèche qu'on enroule déroule tiraille, le cliquetis répétitif du quatre-couleurs, le compas qui creuse les cuticules.

– Je peux y aller, alors ?

Elle est déjà levée, sa carte d'identité en main.

– Vous avez quelque part où dormir ? On peut vous donner l'adresse d'une association…

– Merci, ça va aller, j'évite les assos.

– Évitez plutôt les châteaux.

41

Le médecin de La Roque a décrété que deux attelles amovibles suffisaient si Graff se modérait. Graff a hoché la tête avec sérieux en décidant que la pêche et l'amour constituaient des activités parfaitement modérées.

Le pharmacien a fourni les attelles en le félicitant de cette nouvelle étape thérapeutique. Ne rangez pas la béquille pour autant, a-t-il ajouté dans un sourire.

La répétition de ses boiteries a tracé un chemin entre la caravane, la prairie et le jardin. Graff traverse chaque soir, un disque de blues ou de folk sous le bras, des truites emballées dans du papier journal, une bouteille de vin, jamais il ne vient les mains vides.

Chaque matin, ils descendent à la rivière et se baignent chacun de son côté. Ada adresse sa prière quotidienne à Becca et Graff se laisse emporter par le courant, le ventre à l'air, les bras invisibles. Ada a pris goût à nager nue et sait que Graff précipite ses ablutions pour l'observer en douce depuis la ripisylve. Un matin, elle l'interpelle depuis l'eau pour savoir si tous les Roms sont des voyeurs. Seulement les plus chanceux ! répond-il, secouant les branches du buisson.

Il arrive qu'ils déjeunent dans le jardin avant que le soleil ne leur monte à la tête. Une tasse de thé et un bol de café alignés sur la table en métal vert. Des brioches, des œufs, du pâté en croûte et des tranches de morbier. Graff dit que le petit déjeuner est le meilleur repas de la journée. Avant de manger, il fume une cigarette. La meilleure de la journée aussi, aspirant la fumée, plissant les yeux. Il ne veut plus mourir. Il estime que la mort n'est pas pressée.

Il arrive aussi que le soleil leur monte à la tête et les déplacements d'Ada dans son peignoir bleu, l'apparition fugitive d'un genou, d'une cuisse, imposent un retour à la chambre.

Il arrive que Graff lui offre de nouveaux mots : *rigaudon, skomorokhi, obséclungs*… et malgré sa décision de taire le romani, il en révèle des bribes. « Rivière, mer, ruisseau et lac se disent tous *nakhlas*. L'eau mène toujours à l'océan. »

Il arrive aussi qu'après la baignade, Ada disparaisse longtemps dans la forêt, visitant les chemins et les plantes qu'elle connaît mieux que les livres de sa bibliothèque, cherchant par le rythme de ses pas à ralentir le rythme de son sang et le cumul des sentiments dans sa poitrine. Elle se demande comment son cœur peut contenir autant de joie et de plomb en même temps. Est-ce que Becca le sent ? Grâce au fil qui les reliait autrefois, est-ce que Becca comprend que sa mère rit, et jouit, et que par moment elle n'a aucune pensée pour elle ?

Trois fois par semaine, Graff dessine d'amples figures à travers la prairie, la jument au bout de la corde, une rééducation lente et patiente, la jambe de l'acrobate aussi raide que celle de l'animal. *The blind leading the blind*, s'amuse Ada. Qui rééduque qui ?

Au crépuscule, il défait la longe et entraîne l'animal jusqu'à une courte plage caillouteuse qui facilite l'accès à la rivière. Peureuse, elle se contente de mouiller son museau. Graff défait son attelle, entre dans l'eau et siffle plusieurs fois. La jument plonge enfin ses membres antérieurs, les muscles bandés contre le courant, le poil piqué de plaisir.

Revenu à la friche, Graff se lave les dents, change de chemise et choisit avec attention son disque. Partager la musique avec Ada est une affaire sérieuse. Lui faire l'amour aussi.

Chaque nuit, il s'éclipse de la chambre d'Ada et revient remplir le seau d'eau. Il cause avec l'animal.

– Elle me déboussole, je flotte comme je n'ai jamais flotté.

Il s'allonge de tout son long par terre, torse et pieds nus. Les yeux rivés aux étoiles et à ce qui apparaît derrière les étoiles, il revoit le sexe d'Ada, son rire dans les draps, et il marmonne de contentement, le son jaillit tout seul. La jument s'éloigne de quelques pas, elle n'aime pas quand l'homme fait l'imbécile.

42

Les gens parlent.

De peur que ça ne s'enflamme, de peur que ça ne s'aggrave, de peur que l'étranger ne s'installe et que ses yeux noirs viennent abîmer le sommeil des petits.

La rumeur est un germe endormi, un souffle suffit, et elle gagne en consistance, en détail, en dureté. Sa jument mourante attire les mouches. Ses poubelles attirent les rats, sa musique s'entend jusqu'à chez Mme Faugette. Quand il boite jusqu'au tabac, jusqu'à la pharmacie, il se peut qu'il repère les maisons aux volets cassés…

On tempère les propos, on se rappelle qu'il n'y a rien à craindre, c'est seulement un vieux Gitan, un *groule*, un pauvre type, il va pas rester. Le souci, c'est que l'Anglaise, elle va se *dégamalucher*, la malheureuse.

Ada est brusquement au cœur de l'affaire.

La femme du docteur me fait faire du souci, avoue la charcutière en se pinçant la bouche. Elle est un peu seule, admet Lola, se mordillant l'ongle. Parlez-en au maire, conseille le curé. Vous voyez le mal partout, tranche le pharmacien.

De peur de manquer, de peur d'être *ćoré*, on se demande à qui la relation profite. La flotte qu'elle lui donne gratuitement, j'en veux bien pour le potager ! La lumière dans la caravane, il la prend à qui ? Et la pêche ? Il n'a pas de permis, ce type-là. Les gitans balancent de la poudre magique pour hameçonner, ça empoisonne l'eau. De toute façon, la rivière est toxique, c'est pas moi qui boufferais de ces poissons-là…

De peur d'oublier, on se souvient. Du beau-père qu'on disait Juste, on connaît la chanson : le bonheur des uns fait le malheur des autres. Claude Deletang, d'un coup, en pleine guerre, qui acquiert la scierie et les terrains le long du ruisseau. Même les cousins disaient qu'il jouait sur les deux tableaux. Et René Deletang, ça *courattait* grave là-haut. Ses « soirées littéraires »… y en a qui disent qu'il s'agissait pas seulement d'un échange de lectures. Le docteur, c'était un bon gars, le plus droit de tous, mais après, l'Anglaise, personne n'a jamais su quoi en penser…

De peur d'inventer le mal, on suggère qu'Ada l'attire depuis longtemps. Elle aurait vendu la friche, on n'en serait pas là. De toute manière, une fille qui *garagnasse* à tout bout de champ et finit chez les illuminés, faut chercher du côté de la mère. Sous ses airs de Princesse Di, c'est la vieille qu'a pas su tenir la famille.

La ponctuation s'égare, les phrases s'étirent en suspensions, mastications, claquements de langue. L'auditeur secoue la tête. Dans le temps, on laissait les gens vivre, encore mieux, on les protégeait.

Le souci, c'est que les temps ont changé.

Les jeunes s'en mêlent. Sur la place, le soir, ils en parlent parce que l'été est terminé, il n'y a rien à faire.

Coucher avec un vieux gitan, c'est la dépression, le bout du bout, ça craint ! Coucher à soixante-dix ans, j'ai pas de problème avec ça, au contraire, c'est marrant, c'est moderne. J'espère que ma mère, elle y aura droit si mon père il partait ! Arrête, pas avec un clochard comme ça, il fait que traîner, beurk, ça me dégoûte là, d'y penser, t'imagine ! Peut-être que c'est le grand amour ? Peut-être qu'ils font que discuter ? Alors, pourquoi elle le fait passer par derrière ? Oh là là, par derrière !

Melisa observe la propagation de la rumeur avec fascination. Pour empoisonner la rumeur, il suffit de ne rien faire. Seulement ouvrir grand les yeux, rire un peu moins et nouer les bras sur sa poitrine. Comme si elle avait froid, ou peur, ou qu'elle n'osait pas révéler tout ce qu'elle savait.

43

Ada aime John Lee Hooker, Freddie King, Bob Dylan. Au rythme d'un banjo déjanté ou d'un harmonica hanté, son bassin ondule imperceptiblement et ses pieds nus, libérés des gravillons et des tractations, battent le tempo. Graff n'en perd pas une miette. Quand il pose sa paume contre son dos, quand, d'une pression, il la sent s'abandonner à la musique, il perçoit les strates sous ses os, la densité des sédiments accumulés. Il sent ce lieu qu'Ada garde secret, un paysage, une brume, une chose dont elle n'est ni maîtresse, ni gardienne. C'est au-delà d'un secret, c'est une faille, un puits sans fond.

Ce soir, elle ouvre un coffre en bois pour y trouver d'anciens vinyles qu'elle empile à côté de la vieille platine, une rescapée longtemps muette.

Elle enclenche un disque de Blondie, rit, relève la tête du pick-up pour jouer un autre morceau. Le gitan admire la hargne de la pop anglaise sans partager l'enthousiasme d'Ada pour les voix d'outre-tombe des Stranglers ou de David Bowie. Elle écoute *Heroes* deux fois de suite et raconte l'origine de la chanson, un couple s'embrassant contre le mur de Berlin. Ému, Graff réclame une chanson plus gaie ou, s'il faut vraiment pleurer, du blues.

C'est lui qui découvre le 45-tours au fond du coffre. Une couverture froissée et déchirée, quatre jeunes en costumes gris et cravates noires posés sagement sur des chaises. Le visage d'Ada se ferme.

– C'est la face B la mieux. *This Boy.*

Graff est surpris par la blancheur de sa voix, il hésite à abaisser le bras de l'appareil. C'est elle qui appuie enfin sur le bouton carré, opérant la descente du saphir qui trouve le sillon et libère les premières barres de la mélodie. La ballade dure une minute et seize secondes. Ada l'écoute les yeux fermés de bout en bout. Elle ne l'a pas entendue depuis 1965.

Graff capte une guitare acoustique à gauche, des cordes électriques frappées sec, une réminiscence de blues ou de swing, il n'est pas certain. Ce son-là ne voulait pas se faire beau, songe-t-il. Là, l'envolée de Lennon sur le pont et ce micro-silence étrange, comme une erreur d'enregistrement juste après le deuxième refrain. Il écoute et voit tout : la pâleur d'Ada, sa main contre sa gorge, la rougeur soudaine de ses yeux et, à la fin de la chanson, quand les trois voix s'élèvent, tendres et discordantes, son sourire désespéré.

Le mécanisme contraint le bras à se lever. La rotation du vinyle s'arrête. Ada frotte le velours du fauteuil.

– Qu'est-ce qu'il t'est arrivé ?

Elle n'a pas l'habitude des questions directes.

– Ada ?

Il insiste. Il n'a peur de rien, pense-t-elle. Pas le genre à laisser une ampoule brûler toute la nuit. Mais le langage s'est trop longtemps détaché de cet événement-là. Ada ne possède que des mots durs et froids.

– Ce n'est rien, Graff. Ce n'est que le passé.

Dans la nuit, dans la chambre, Graff lui dit qu'il aimerait un jour entendre son histoire. Qu'il a mis longtemps à faire la paix avec la sienne, ses allers et retours sur le fil l'y ont sans doute aidé, ce qui ne s'efface pas reste.

Il lui raconte comment Raluca faisait venir un photographe après les accouchements, comment l'homme figeait l'image de la mère et du petit corps inerte, drapé dans le linceul qu'elle avait noué elle-même. La funambule gardait les clichés monochromes contre son cœur, cousus dans la doublure de son manteau d'hiver. L'été, elle retirait les fils, libérant délicatement les portraits pour les coudre à l'intérieur du bustier qu'elle enfilait par-dessus ses robes. À force d'être cousues, décousues, recousues, leurs pourtours s'étaient percés de dizaines de trous minuscules. Graff ne sait pas si les images ont résisté. À l'humidité, au temps, aux exils. Il se peut qu'elles se soient évaporées, laissant sur chaque carré un voile d'inconnaissance.

Émue, Ada l'écoute parler et, lorsqu'il s'assoupit, elle commence à chercher ses mots à elle.

Il fait nuit encore quand elle quitte la chambre sans bruit et s'installe dans la cuisine pour écrire. Ce sera la première lettre d'Ada à Graff.

Le lendemain matin, après avoir lu la lettre, seul dans la caravane, Graff retournera auprès d'elle. Ada verra ses paupières enflées et lui avouera dans un rire qu'elle n'avait pas l'intention de le faire pleurer, elle n'est pas douée pour les larmes, encore moins celles des hommes.

– J'étais devenu vieux, Ada, lui dira-t-il doucement. Mais avec toi, la vieillesse semble à des années-lumière. Avec toi, les choses me touchent comme si j'étais jeune à nouveau.

La Roque, le 6 septembre

Cher Graff,

Je n'ai pas su te raconter. Parler de moi a longtemps été une langue étrangère, on peut vivre soixante-dix ans et rester vierge de sa propre histoire.

Mon frère aîné a été tué lors d'un glissement de terril, le 26 octobre 1965. Il s'appelait Jude... comme la chanson des Beatles. Ils l'ont chantée des années plus tard. C'est ironique.

Mon père et d'autres mineurs sont allés jusqu'à Londres pour faire admettre au National Coal Board sa responsabilité dans l'accident. L'obscène question de la compensation dura six mois. Pour calculer les indemnités, le NCB a demandé aux vingt-trois familles de définir par écrit leur degré d'affinité avec les victimes. Mon père a refusé de répondre, il reçut tout de même un chèque de cinquante livres. Ma mère, elle, a cessé de parler. Elle s'est éteinte quelques mois plus tard. Je l'ai trouvée dans son lit, une photo de Jude sur le cœur.

Quand les habitants d'Ashriver exprimèrent l'angoisse de continuer à vivre jour après jour sous la menace des autres crassiers, le NCB déclara qu'ils ne constituaient aucun risque. Comme, durant des années, il avait maintenu que le terril n° 3 ne constituait aucun risque. Les mineurs avaient pourtant averti du danger d'éboulement en cas de fortes pluies prolongées. Même le pasteur avait écrit à la direction de la mine : faire messe sous ce colosse haut de trente-deux mètres le terrifiait.

En 1966, trois semaines après l'enterrement de ma mère, je décidai d'aller vivre chez ma tante à Anglesey. Cela allégerait la charge familiale, j'aurais bientôt dix-sept ans, je trouverais un job… Mon père ne discuta même pas, je crois qu'il comprenait ma fuite, à moins que plus rien ne l'atteignît.

Débarquée sur l'île, je passais mes journées dehors, éclatant des pierres et des branches contre les vagues telle une adolescente enragée, ce que j'étais. Malgré les encouragements de ma tante à parler (« Laisse sortir, Ada, ne garde pas tout pour toi »), je me taisais. J'appris à nager en courant vers le large jusqu'à perdre pied. Il m'arrivait de hurler sous l'eau. Je voulais que ma voix déclenche la vague qui annihilerait le continent.

Je téléphonais chaque dimanche à Ashriver. Mon père était retourné travailler à la mine. Mon frère Rhion s'était syndicalisé. Au téléphone, ma sœur me racontait qu'elle ne pouvait plus dormir dans le noir. Moi non plus, je répondais. Et qu'elle haïssait chaque famille intacte. Moi aussi, je confessais. Mais toi, tu n'es plus là, répondait Gladys.

Comment lui expliquer que partir avait été ma façon de survivre ? La vue des terrils, le silence de mon père déchaînaient ma violence. Et il y avait les autres. Ceux qui nous étouffaient de sympathie, leurs Tupperware de nourriture s'entassant sur le rebord de notre fenêtre. Ceux qui marchaient dignement dans le deuil et s'écroulaient probablement chaque nuit en écorchant le nom de Dieu, du Diable, du NCB, en se maudissant d'avoir épousé un mineur, d'avoir enfanté un mineur, d'avoir aimé et d'avoir cru.

Quelques semaines après mon arrivée à Anglesey, la catastrophe d'Aberfan rassemblerait à nouveau les mineurs. Un autre glissement de crassier, sur une école cette fois. Cent seize enfants périrent. Je refusai d'écouter les bulletins de la BBC ; ma tante se tordait les mains en sanglotant. « Heureusement que maman est morte, heureusement qu'elle ne voit pas ça », je lui crachai. Gladys m'apprit que papa avait repris la lutte contre le NCB. Fut un temps, nous louions l'employeur dans nos prières quotidiennes, voilà qu'il était devenu l'homme à abattre. Pourtant, nous lui appartenions.

Nous étions une communauté. Ashriver, Aberfan, tous les villages des vallées noires. Depuis cent ans, le monde tournait autour de la houillère. Nous étions unis par une histoire commune, un parler collectif, mélange d'anglais, de gallois, de bribes d'irlandais, et par notre allégeance à la mine. Une fierté coriace rassemblait nos pères. Nos mères se débattaient avec les mêmes soucis et les mêmes espoirs, et nous, les enfants, lancions des barques en papier sur les rivières noyées de charbon et de cendres. C'était tout cela que je voulais oublier. Partir, partir quand même, partir pour toujours.

Seulement, la mémoire ne connaît pas la distance. Partir n'a jamais empêché les images de surgir. Même ici, même des décennies plus tard, il m'arrive encore de suivre Jude dans les allées nappées de mâchefer. Il fixe du papier aluminium au fil de ma canne à pêche. Je l'entends chantonner de la pop dans la cuisine. Sa bouche s'ouvre sur un cri et ses yeux admettent la clameur de la mort.

Pendant des années, j'ai eu la sensation d'être une erreur. La partie erronée et visible d'une plaie. Jude avait péri. Mon grand frère intrépide et drôle qui savait si bien s'échapper avait été asphyxié par la boue. Moi, non. Comment cela avait-il été possible ?

Le 26 octobre 1965, les Beatles allaient être décorés de l'Ordre de l'Empire britannique, la radio ne parlait que de ça. Les tubes passaient en boucle depuis le début de la matinée. J'avais terminé les cours à quinze heures et malgré le brouillard, malgré la pluie, je décidai d'aller à la houillère attendre Jude avec mon transistor. Mon frère adorait les Beatles, il suffisait de siffler trois mesures de n'importe quelle chanson pour qu'il prenne le relais. Sur le chemin des terrils, la voix de John Lennon me transportait, mes pas étaient légers.

Trente minutes plus tard, je devenais une autre personne et le monde n'existait plus.

Après le drame, comme issus d'une seule bouche, les gens employaient les mêmes mots. Les témoignages décrivaient une « vague noire », la « furie d'un avion de chasse », la « bouillasse plus dure que du ciment », une « avalanche » de rochers, de tôle et de briques. Puis chacun évoquait le « silence ». Le vocabulaire de notre communion en enfer touchait sa limite. Il n'existait aucun mot pour qualifier l'éclat de ce silence tombant sur la vallée.

À quinze heures trente-cinq, je me tenais devant la petite cabane où les mineurs s'assemblaient, près du chevalement, avant de descendre à la mine. Il nous était interdit d'approcher de la zone, pourtant les femmes y déposaient parfois un repas ou un thermos plein de thé et j'allais souvent à la cabane pour accrocher le sourire de Jude quand il sortait du puits, son visage noirci, son bonnet marron. Il rigolait : « Hey, cariad, where've you escaped from again? » *D'où t'es-tu encore évadée, ma chérie ?*

Je me suis assise sur le banc humide pour ajuster le bouton du transistor. L'onde glissait, la distorsion vrillait l'air humide de la cabane. This boy wouldn't mind the pain *grésille, disparaît, revient.* Always feel the same, *l'ampoule au plafond clignote,* This boy this boy this boy… *puis un bruit insoutenable, un séisme, un train fou fond sur le monde.*

Je ne sais pas combien de minutes je suis restée inconsciente. Je me revois ouvrant les yeux sur la nuit et le silence, ce fameux silence. J'étais écrasée au sol par des madriers et des poutrelles, un liquide noir ruisselait sur mon corps glacé. J'avais encore le transistor. Je suis noyée, ai-je pensé, je suis tombée dans le puits !

Soudain mes yeux ont accroché le rai de lumière qui fissurait les décombres. Les particules de poussière noire s'élevaient et tournoyaient, d'infimes étoiles filantes éclairées par le jour. Ce doit être un rêve, ai-je pensé, ce ne peut être qu'un mauvais rêve.

Graff, je dépose ici ce que je n'ai jamais raconté à personne. Le tourbillon du passé ne me quittera pas, mais en levant les yeux sur le jour, te sachant endormi à l'étage, juste au-dessus de moi, je vois se déployer encore le grand fil de ma vie. Vers l'avenir, vers toi. Des mots nouveaux remplissent enfin mes pensées.

Ada

IV

Là où la lumière

« Un ineffable amour remplissait l'éternité. »

Victor Hugo, « Stella »

44

Becca ne parvient pas à décrocher de la dizaine de photographies dispersées sur la table. On dirait un jeu de cartes. Kaï, plus jeune, devant un sommet enneigé. Kaï au marché, sur les escaliers d'une église, photographié par la caméra d'un ordinateur. Le même sourire agrafé aux lèvres. Cherchez l'erreur, trouvez l'intrus.

Le flic lui a posé une question. Elle ne sait plus ce qu'elle a répondu. Par habitude, automatisme, elle appuie ses pieds contre le sol et convie le présent. Elle est à Angoulême, le 8 septembre, la police s'intéresse aux Simples. L'homme répète sa question, caustique.

– C'est un peu vague de parler comme ça, non ? Des gens « normaux », « sans histoires », tu te considères sans histoires, toi ?

Becca repousse ses dreadlocks et le dévisage. Il a un regard de poisson rouge.

– C'est fou de faire ça.

– Quoi ?

– Le tutoiement. C'est à l'école de police qu'on vous l'apprend ? Votre boulanger, vous le tutoyez ? Votre patron ? Vous croisez une femme dans la rue, vous la…

– T'es ni boulangère, ni patron. Et je ne suis pas policier. Pourquoi t'es venue à Angoulême ?

– Vous êtes quoi, alors ?

– Gendarme. Ma collègue est policière, celle qui est allée te chercher un café.

– Le couple parfait.

Le gendarme affecte l'indifférence. Becca lui sourit.

– Je me suis fait arrêter plein de fois, vous savez. Y a des années. J'ai pris des avertissements, des amendes, même l'ordre d'exécuter une « peine d'intérêt général » – bizarre ça, vu que j'agissais *déjà* dans l'intérêt de la collectivité. Si on montait des barrages et qu'on bouclait des champs, a priori c'était pour la collectivité. À la première arrestation, j'avoue, vos collègues m'ont impressionnée, par contre maintenant… même si vous me montrez des photos et que vous me tutoyez, j'ai pas du tout peur.

– Tu parles beaucoup pour quelqu'un qui a pas peur.

Il n'a pas tort.

Ils sont venus la chercher au foyer, attendaient poliment dans le couloir. Vous pouvez nous suivre, mademoiselle ? Plusieurs femmes ont râlé, hé, ça se fait pas d'entrer comme ça… les autres, visages enfouis dans l'oreiller, assommées ou affolées par la vie, et l'animatrice insistant pour qu'on la tienne au courant, ne serait-ce que pour savoir si elle donnait le lit à une autre personne.

Ils n'ont pas dit un mot dans la voiture. Becca a imaginé que c'était encore lié au château de Gleizé, puis qu'ils allaient lui annoncer une mauvaise nouvelle, il était arrivé quelque chose à Dom… Ses jambes tremblaient tellement que ses pieds faisaient tac-tac-tac au sol. La femme s'est retournée. Vous n'êtes pas en état d'arrestation, on veut seulement vous montrer des photos.

Le gendarme bascule sa chaise en arrière.

– Écoute, on va reprendre gentiment. La GNVLDS et la CAIMADES ont reçu une dizaine de signalements…

– Je suis désolée, j'ai jamais été très forte en sigle.

– La Miviludes, ça te dit quelque chose ?

La femme en civil revient avec trois cafés et une canette de soda sur un plateau. Elle referme la porte derrière elle d'un coup de talon.

– Alors, ça avance ?

Comme s'ils construisaient un château Playmobil.

Becca ignore la canette de soda. Coca Cola, Sprite. McDo, KFC, Danette… À quinze ans, elle avait dressé une liste pour Ada, lui interdisant d'acheter de la viande aussi. Elle avait débranché la machine Nespresso en traitant son père de serial killer planétaire, elle le pensait réellement. Quand Noé l'a emmenée chez les Simples, elle a dit au maître qu'elle ne croyait pas en Dieu. Sa religion à elle, c'était d'empêcher les barbares de saccager la Terre. C'est une belle religion, lui a-t-il répondu. De toute façon, les barbares mourront en premier, ils sont déjà morts.

La femme rassemble les photos. Elle a des ongles trop propres, trop roses pour être flic.

– Rébecca, pourquoi vous êtes allée à l'hôpital de Saint-Étienne ? Vous étiez malade ?

– Demandez aux médecins.

– Vous vous doutez bien qu'ils n'ont pas le droit de répondre. En revanche, ils étaient inquiets pour vous.

Becca hausse l'épaule d'un air flegmatique et boit une gorgée de café. Il est brûlant.

– C'est M. Bluteau qui vous a envoyée à l'hôpital ?

Nouvelle gorgée, qui lui brûle la langue. *Monsieur Bluteau.* Kaï détestait son nom, il le trouvait trop commun.

– Je peux fumer ?

La femme pousse une tasse en plastique vers elle. Douce.

– À l'hôpital, vous vous êtes rendue au service de la maternité, n'est-ce pas ?

Becca attrape ses cigarettes dans la poche de sa parka et s'en allume une.

– Vous êtes enceinte ? C'est pour cela que vous avez quitté la communauté ?

– Il paraît que t'étais sa favorite, pourtant.

– À qui ? lance Becca.

– Au taré.

La flic foudroie le gendarme du regard. Pas si parfait que ça, le couple. Becca aspire la fumée le plus profondément possible. L'odeur piquante de la cendre dissoute dans le marc de café.

– J'ai avorté. Ensuite, j'ai pris un train jusqu'à Valence.

Ils échangent un regard victorieux. Becca aurait envie de rire.

– C'est vous qui avez décidé d'interrompre la grossesse ?

– Oui.

– M. Bluteau ne s'y est pas opposé ?

Elle hésite. Leur respiration s'approfondit, trouve une symbiose. Kaï disait que la respiration serait l'enjeu du XXIe siècle.

– Pourquoi Valence ? Il y a des Simples là-bas ?

Becca répond qu'elle voulait visiter le musée d'art et d'archéologie, ce qui est vrai. Le gendarme secoue la tête, amusé. L'autre affiche une expression grave.

– Rébecca, vous savez ce que c'est une dérive sectaire ?

– Le-dévoiement-de-la-liberté-de-pensée-d'opinion-ou-de-religion-qui-porte-atteinte-à-l'ordre-public-aux-droits-fondamentaux-à-la-sécurité-ou-à-l'intégrité-des-personnes.

D'une traite. Kaï serait fier.

– Wah, fait le gendarme.

– Notre travail consiste à lutter contre les dérives sectaires…

– Les Simples ne sont pas une secte.

Pourquoi son cœur bat-il aussi fort ? La flic fait un petit signe à l'homme qui se lève, agacé, et va regarder par la fenêtre.

– Rébecca. C'est normal de ne pas vouloir parler.

– C'est pas parce qu'on veut vivre avec Dieu, un peu en dehors de la société, qu'on est une secte.

– Tu veux vivre un peu en dehors de la société, toi ?

Le gendarme est de retour.

– Tu te sentais bien à Malerne ? Les signalements parlent de punitions corporelles, de transes, de naissances non déclarées et de rapports sexuels non consentis avec le « maître ». C'est ça, pour toi, vivre « un peu en dehors de la société » ?

Il joue faux. Comme un mauvais doubleur de série télé.

– Les gens sont libres là-bas.

– D'ailleurs, c'est pour ça que t'es partie !

Elle ne réussit pas à soutenir son regard. Une deuxième cigarette. L'avant-dernière du paquet. La flic lui propose de faire un break, d'aller fumer tranquillement dans la cour. Elle devrait dire oui.

– Non merci. Je veux rentrer chez moi.

– Au foyer, tu veux dire, ironise l'autre.

– Rébecca, vous accepteriez de discuter avec une psychologue ?

– Non.

Nouvel échange de regards. La femme marmonne que c'est dommage. Elle semble fatiguée d'un coup. Si Becca change d'avis, voici son numéro. Une carte tendue. Un sourire triste. Le gendarme bâille, attrape la canette de Coca et la termine d'une traite.

À la maternité, ils lui ont demandé si elle voulait un calmant, non, je veux tout sentir. Après, ils l'ont laissée se reposer dans une chambre sans fenêtre, un nulle part en bout de couloir. Vous ne voulez toujours pas de calmant ? Ça va. Merci.

Elle éteint sa cigarette et fixe le dos des photos. Elle se demande qui a parlé. Pourvu que Dom soit déjà parti. Le malaise l'étreint. Elle se lève.

– Bon. Au revoir.

À l'instant où elle s'engage dans le couloir, la femme l'interpelle :

– Juste une dernière question. Est-ce qu'il vous semblait dangereux ?

– *Oui.*

– *Depuis quand ?*

– *L'éternité.*

– Pas du tout, dit-elle, à haute voix.

45

Après la berge affaissée et le pré aux vaches, bien après le parcours d'accrobranche, Dom atteint un petit pont où des nids d'hirondelles tapissent la pierre humide. La pièce logée dans sa main gauche, l'offrande calée dans son dos sous l'élastique de son pantalon, l'enfant monte sur ses orteils. Il plisse les yeux. Rébecca disait qu'un seul regard peut tuer un oiseau.

La vue des oisillons calme son cœur, il a marché vite aujourd'hui, ne s'est pas arrêté une seule fois, il n'a même pas attendu que les autres dorment pour s'échapper. Il repose ses talons et écoute les piaillements. La blancheur tombe de chaque côté du pont. Quitter l'ombre lui coûte.

Il traverse là où le courant ralentit et la profondeur marque le milieu de ses cuisses. À gauche de la colline, les arbres agissent comme un signal, leur sombre épaisseur moins inquiétante que le pré au sommet duquel il devine un toit. La bâtisse dont Rébecca a parlé.

Parvenu au bois, il crée son propre chemin ombragé, l'incandescence l'attend au bout de l'allée de sapins. Les oiseaux se taisent à son passage. Au bout d'une percée, il aperçoit une friche, une caravane, un cheval maigre. Des cloches, *une... deux... trois... quatre... cinq,* résonnent depuis le village. À Malerne, l'on entend parfois sonner les cloches, ça dépend de la direction du vent.

Sa gorge brûle. Il aurait dû boire de l'eau à la rivière. Il serre la pièce dans sa main, il faudrait avancer, aller là où Rébecca voulait qu'il aille, mais l'air chaud rebondit au-dessus du pré et l'idée de traverser cette fournaise l'étrangle. Et puis, l'offrande s'est abîmée. Comment oser la présenter ?

46

Les oreilles de la jument se dressent momentanément au son du clocher. Elle secoue le cou, faisant couler la longe dans la poussière qui s'élève et se dépose sur les herbes grises le long du mur. Elle renifle l'air. C'est l'heure où la chaleur hésite à se rendre, subitement plus âpre et plus lourde.

Elle jette un coup d'œil à l'homme. Ils devraient descendre à la rivière. L'air le dit, le tintement des cloches aussi. Pourtant il ne dénoue pas la longe, il n'ouvre pas le portail, il reste au centre de la friche, les yeux au loin, le corps vibrant comme les secondes avant l'arène. La jument suit son regard, capte un mouvement à l'entrée du bois, une bête ou la chute d'une feuille, rien de défini.

Elle souffle pour attirer son attention. *Le pré! La rivière! Partons!* Le vieux l'ignore, le vieux a d'autres projets.

Sa crinière s'alourdit sous le poids de la déception. La torpeur l'envahit et imprègne ses pensées. D'un instant à l'autre, elle somnolera.

Viens, dit l'homme. On va faire un tour.

47

Ada croit momentanément qu'il s'agit d'un enfant du bourg.

– Il était dans le bois. Donne-lui à boire.

Graff a une drôle de voix, lui aussi semble assoiffé. Elle s'affaire à sortir deux verres, y verser de l'eau fraîche, ses mains tremblent, elle n'aime pas quand les choses surgissent ainsi, et pourquoi son ventre se tord ? L'aile du papillon, l'aile réservée à Becca brasse ses entrailles.

– Voilà, ça fait du bien l'eau, c'est sûr qu'il fait chaud. Affreux, cette chaleur, on s'habitue pas… Pourquoi tant parler, tout commenter ?

Ces yeux graves, ce pantalon austère plein de boue. Tiens, je t'en verse encore un peu. La voix faussement fluette, comme s'il fallait faire du théâtre.

D'un coup, elle se souvient.

– Tu viens de Malerne.

L'enfant acquiesce. Assieds-toi, dit Graff. Il doit s'adresser au garçon.

– Ada ! Assieds-toi.

Elle s'affaisse sur un tabouret.

– Qu'est-ce que tu veux ?

L'enfant lui tend un objet enveloppé dans du papier froissé.

– Ma mère vous l'envoie.

Solennel. Précis.

– Ta mère.

– Rébecca. Ma mère.

Ses premiers dessins d'enfant. Des maisons carrées, des bonshommes à bras d'allumettes. Quelques pages plus loin, le trait est devenu maîtrisé. Les croquis du marronnier. Feuilles, branches, racines. Et son inventaire des paires d'émotions. Dégoût/fascination. Un vieillard qui danse. La chanson *L'Aigle noir*. Le silence de ma mère. Quand il rigole… Courage/honte. Peur/rage.

Ada referme le carnet, poignardée par l'écriture familière.

Le petit garçon s'est logé sur le banc. Le coude contre la table, le menton appuyé sur son poing fermé. La masse de ses boucles noires et la clarté laiteuse de sa peau. Elle aurait dû deviner le jour du marché. Seul le bleu de ses yeux le différencie de Becca. Becca a eu un enfant. Sa fille est une mère.

– Comment tu t'appelles ?

– Dom.

– Dom ?

– Dominique, en fait.

– Tu as faim ? Tu veux manger quelque chose ?

– Non, merci.

– Je vais téléphoner à Malerne, lui dire que tu es ici.

– Elle est partie.

Ada accueille la nouvelle sans ciller, comme si son corps ne pouvait pas encaisser une information de plus. Une épaisseur tombe sur la maison. Appuyé contre la porte, Graff se sait le témoin d'une tempête qui modifiera leur existence à tous.

C'est l'enfant qui discerne l'infime écart sur la tranche du carnet, preuve que la dernière page a été ouverte, marquée, choisie.

Il s'appelle Dom, il n'y a que lui de beau.
Ne le renvoie pas là-bas.
Pardon.
Ce n'est pas de ta faute.

48

Le soir même, Ada téléphone à René. Elle parle bas, car l'enfant est dans la cuisine à manger lentement, sa manipulation du couteau gênée par ce qu'il tient dans le creux de sa main gauche et ne veut pas lâcher. Il est gaucher, comme sa mère, Ada l'a vu quand il a dressé la table.

– Il lui ressemble. Il dit qu'elle a quitté Malerne.

– Tu sais qui est le père ?

La voix de René est aussi nouée que la sienne.

– Non.

– Tu vas faire quoi ?

– Je ne sais pas. Leur rendre.

– On dirait que tu parles d'un chat.

– Tu savais ?

Elle entend les rouages de sa réflexion, bien sûr qu'il savait.

– Ma chérie, il y a des choses qu'on ne voit pas quand on est mère.

– Guy était médecin, il aurait vu, lui !

– Tu sais ce qu'on dit des cordonniers… bref.

– *On l'aurait aidée !*

Subitement, elle est accroupie contre le mur. Le téléphone à la main. Elle aperçoit les traces de terre que le garçon a déposées sur les carreaux au sol en entrant dans la maison.

– Demain matin, j'appellerai un copain à la Préfecture. Il te faut l'état civil. Le nom du père.

– Et Becca ? Qu'est-ce que je fais pour Becca ? Elle a disparu, elle pourrait, elle pourrait être…

– Becca a disparu depuis des années, Ada. Va dormir. Demain, t'y verras plus clair.

Elle pousse son dos contre le mur, voudrait sentir la morsure des gravillons contre ses orteils pour avoir moins mal.

– Hé. Ne le ramène pas chez ces crétins tout de suite. Il est mieux chez toi, ce môme.

Le garçon retire ses chaussures en bas de l'escalier et la suit jusqu'à la chambre. Ada lui propose un tee-shirt propre, elle a encore quelques affaires d'enfant dans une armoire. Il secoue la tête, s'allonge sur le lit, les griffures de roseaux et de ronces sur les chevilles, son corps subitement petit et frêle. Dors bien, Dom. Un verre d'eau posé sur la commode. Tu veux que je laisse la lampe allumée ? Il a déjà fermé les yeux. Ada tire la porte derrière elle.

Dans la chambre, elle enfile une chemise de nuit, une pudeur soudaine, ce froid sous la peau, et Graff s'allonge, à l'image du garçon dans la chambre voisine, encore vêtu de son pantalon. Cinq minutes plus tard, il lui souffle qu'il va faire un tour, il n'arrive pas à dormir.

49

Le vigile remarque la jeune femme allongée sur le banc de l'abri-bus à l'angle du boulevard et du jardin public. Il se dit qu'il devrait se presser pour avoir le 345, s'il le rate, il lui faudra prendre le 21 qui fait le tour de la ville par l'ouest, c'est plus long, plus *fastidieux*. Il a appris ce mot en parcourant un magazine dans la section librairie du supermarché ce matin. Le vigile cherche un nouveau terme chaque jour et le vérifie dans le dictionnaire de son téléphone. Hier, il a trouvé hantise. *Vanvan* dans sa langue maternelle. Le son plaque mieux le sens du mot en mina.

L'humidité froide de la ville lui tire les os. Septembre, c'est mieux que janvier à Angoulême. Janvier, c'est mieux qu'octobre. Il faut penser comme ça, sinon on a froid tout le temps. Au-dessus de la femme allongée sur le banc, le tableau signalétique promet un bus dans cinq minutes, un autre dans quinze. L'arrêt du 345 se trouve en face. Il va quand même vérifier la fille. S'il ne vérifie pas, il aura des ruminations toute la soirée…

– Hé ho, ça va, mademoiselle ?

Ses yeux verts se déploient sous sa capuche. Ça va. Elle ne fait que se reposer. Sentant son approche, elle se déplie et pose les pieds au sol pour libérer de la place sur le banc. Alors le vigile s'assoit.

– Ça va ?

À peine un regard, de quoi jauger le danger d'un homme qui prend des nouvelles dans la nuit tombée sur un boulevard où suinte la solitude.

Son profil la révèle moins jeune qu'il ne l'avait pensé, elle porte des marques de souci à la commissure des lèvres. La cicatrice sous son œil l'intrigue, ce pourrait être une tache de naissance. Une larme pour débuter, c'est moche, c'est *mesquinerie* – un mot de la *Charente Libre*, ça. La petite-fille du vigile est née avec une tache pâle en forme de lune sur le front, il agrandissait la photo sur son téléphone et la montrait à ses collègues au foyer des travailleurs. Il possède d'autres photos d'elle, à trois mois la lune a rétréci, à six mois la pigmentation l'a ravalée, aujourd'hui elle a un beau visage entièrement noir.

La jeune femme l'ignore. Il aimerait savoir si elle a réussi à voler au supermarché. Le vigile accomplit son métier avec *consciencieosité*. Sur sa fiche de paie, c'est écrit Agent de sécurité. Tout le monde l'appelle le Vigile. Parfois ce titre lui meurtrit le cœur. Arrêter une vieille personne qui empoche cent vingt-cinq grammes de beurre ou une boîte de sardines, c'est tristesse pour la semaine à venir, c'est *hantise* assurée.

– Je t'ai vue tout à l'heure, au supermarché.

Elle soupire. Soupirer est le langage des jeunes. Le contexte détermine la signification : Fiche-moi la paix. Je suis embêtée. Tu me déçois. Je vais t'embrouiller la tête. Je ne sais pas quoi dire…

Le soupir de la fille à capuche est de la première catégorie, « fiche-moi la paix ».

– J'ai cru que tu allais voler. Je travaille là-bas. Je surveille.

– J'ai rien volé.

– Tu voulais seulement regarder.

Prononcé d'une voix neutre. Regard colère de la jeune femme.

Elle tire un paquet de cigarettes de sa parka, constate qu'il est vide, le range dans sa poche. D'autres l'auraient froissé et balancé par terre. La propreté est gage d'honnêteté. Elle n'a pas dû voler.

– Tant mieux qu'il soit vide, fumer abîme la santé ! Moi aussi, j'ai fumé, puis le médecin m'a dit d'arrêter. Je t'ai suivie dans les allées parce que, s'il y a du vol sans voleur, les caissières se font disputer et je suis pénalisé. Ce n'était pas contre toi.

Elle ne réagit pas.

– Je préfère suivre de façon bien visible, ça empêche les gens de passer à l'action et, par conséquent, il n'y a pas d'histoires. Quand j'attrape une personne en train de commettre, c'est très pénible, je dois l'emmener au responsable, la police vient, parfois ça s'énerve. Pour un bouquin ou une bouteille d'alcool, c'est bête. La vie est trop courte pour passer la nuit au poste.

La jeune femme l'entend comme elle entendrait la musique du supermarché, perceptible à l'instant où ça s'arrête.

– On est encore plus sévère sur les produits laitiers, ça remonte à une loi ancienne, de Napoléon, je crois.

Sur le boulevard en face, le 345 ralentit, quelques jeunes en descendent, le bus repart. Il prendra le 21, celui qui fait le tour de la ville par l'ouest.

– Le souci, tout à l'heure, c'est qu'il y avait aussi un gars suspect. Vous avez changé de rayon à un moment. J'ai décidé de suivre le gars, j'aurais pu te suivre, toi...

– C'est bon là ! J'ai rien piqué. D'ailleurs, même si j'avais des trucs plein les poches, vous pourriez rien faire !

L'homme acquiesce gravement. Ce qu'elle dit est juste.

– Je ne t'accuse pas. Je disais seulement que suivre deux personnes qui se séparent, ça crée du trouble pour les gens de mon métier. C'est comme un couple d'amis qui divorce, on ne sait jamais lequel suivre, on finit souvent par perdre les deux.

De l'autre côté du boulevard, les jeunes gens jouent au football avec une canette de soda. La canette *pingue* contre un volet métallique et ils poussent des cris d'animaux. La fille observe leur comportement. Peut-être qu'elle va leur demander une cigarette.

Elle soupire à nouveau, catégorie «je suis fatiguée», et se rassemble en elle-même.

Le vigile déclare qu'elle n'a rien à craindre des jeunes, il la protégera. Sa gentillesse la décontenance.

– Je suis plus jeune et fort qu'il n'y paraît!

Il avait l'intention de la faire rire, ce sont les larmes qui gagnent ses yeux verts, c'est bien aussi. Ça va aller, décrète l'homme, c'est seulement un mauvais moment. Il se nomme Sylvanus et lui tend un paquet de Kleenex qu'elle ne touche pas. En face, la canette est broyée par une moto lancée trop vite sur l'asphalte humide.

La jeune femme baisse sa capuche, révélant l'épaisseur noire de ses dreadlocks. Elle ressemble à une reine, elle n'est pas à sa place ici, à trôner sur un banc.

– Je suis désolée, monsieur, je ne peux pas vous aider.

Au tour du vigile d'être déconcerté.

– Je n'ai pas besoin d'aide!

– Si, en fait. Mais là, je peux pas. Ça va pas. Moi, ça va pas… Avant, je vous aurais expliqué qu'en travaillant là-bas, vous abîmez le monde. À cause des canettes et du plastique et de la viande sous-vide, vous œuvrez contre la terre, contre les animaux, contre vos enfants, pour un salaire de misère en plus.

– Ne m'insulte pas.

– Justement, je ne te dis pas tout ça, j'arrive à rien.

Les larmes surgissent à nouveau, son nez coule. Quoique vexé, le vigile se demande où naissent de pareilles larmes.

– Je peux même pas te parler de Dieu.

– Dieu va très bien, Il est occupé.

Elle frotte son nez contre sa manche.

– Vous êtes croyant ?

– Tu me dis vous ou tu me dis tu ?

– Je ne sais pas !

Il a réussi à la faire rire.

– Je viens du Togo. Tu sais où ça se trouve le Togo ?

– En Afrique de l'Ouest. Mais tu crois à quoi ?

– La religion est une chose privée, cependant quand je m'assois sur un banc, il m'arrive de demander à Dieu son aide.

– Pour faire quoi ?

– Me relever.

La reine retourne dans son monde, les mains croisées sur son sac.

– Comment tu t'appelles ?

– Becca.

Le 21 roule vers eux, s'arrête, le vigile fait signe au chauffeur qu'ils ne monteront pas. L'hiver frôle leurs visages quand le véhicule redémarre.

– Je vais bientôt y aller.

Pourtant, elle sort son paquet de cigarettes, se souvient qu'il est vide, le froisse et le rempoche.

– Y a longtemps, je me suis enchaînée à un arbre pour empêcher la mairie de le déraciner. J'ai gagné. J'ai jamais été aussi heureuse que ce jour-là. J'ai mis le feu à une usine chimique aussi, j'ai manifesté, j'ai marché, je croyais que j'étais utile, et qu'avec d'autres comme moi, on saurait… je sais pas.

– Enflammer un lieu, c'est *barbare*.

Un mot de magazine, à l'opposé d'elle.

– J'avais peur de rien. Sauf de la fin du monde. Une nuit, j'ai couché avec un militant, on a dormi dans les bois, je connais même pas son prénom, je suis tombée enceinte. D'un coup, j'ai eu peur de tout.

– C'est intime ce que tu racontes.

– Oui, pardon.

Au bout d'un silence, elle fouille dans son sac et en sort trois barres chocolatées.

– T'avais raison de me suivre.

Le vigile refuse la friandise qu'elle lui tend. Il lui en veut d'exhiber ainsi son manquement professionnel. *Exhiber*. Ce mot-là est puissant.

Elle croque un bout de la barre chocolatée et la range dans le sac.

– Il est où, ton bébé ?

– C'est un garçon maintenant. Je l'ai laissé dans une communauté. Le leader m'a aidée quand je suis tombée enceinte. Il disait qu'il porterait ma peur et qu'ensemble on changerait le monde de manière moins artisanale. Dans le fond, il était plus artisanal que moi.

Elle presse soudain sa main contre sa bouche et aspire l'air par à-coups. Des secousses traversent ses épaules. Hé ho, dit Sylvanus, hé ho. Il se demande si elle n'est pas possédée.

– On peut marcher jusqu'au CHU, ils vont t'aider là-bas. Moi, je ne peux pas te recevoir, j'habite une chambre avec d'autres travailleurs…

Becca secoue la tête, elle connaît un lieu, elle va se calmer. Il sort un paquet de Benson de sa poche d'uniforme et dit qu'il fume encore un peu, avec ses camarades. Elle garde la fumée dans ses poumons, il la voit faire, il connaît la sensation.

Tout à coup, elle grimace, un rire aux lèvres.

– C'est pas vrai en fait, même quand j'étais forte, j'avais peur des guêpes !

– Tu es forte encore. Ça se voit, je te jure.

– Je vais prendre le prochain bus.

– J'attends avec toi alors. Regarde, l'écran dit dans sept minutes. Mais bon, souvent il se trompe.

50

Les chaleurs de l'épagneule montent à la tête des mâles et ils se cherchent, se coursent, se niaquent. Kaï les attrape par la peau du cou et les lance un par un dans la grange où ils hurlent à la mort, on dirait des loups. Sonja s'éclipse en filant entre les grosses poubelles que les Simples ont oublié de vider depuis une semaine. L'organisation du domaine est encore retournée par la disparition de Rébecca et maintenant par celle du garçon.

La porte de la buanderie permet d'atteindre l'escalier sans traverser la cuisine ou le salon. Au premier étage, la chienne hésite. L'odeur du garçon est partout et nulle part, elle pousse plus haut, le couloir, la salle de bains, jusqu'au dortoir où son absence lui paraît absolue.

Elle retrouve la trace dans le jardin, flagrante près d'une motte de terre retournée et, plus loin, sur la rive engluée par la nuit.

51

Ada sommeille par intermittence, son cœur s'emballe au moindre bruit. Elle entend Dom gémir dans son sommeil, le grincement du lit lorsqu'il s'agite. Elle relit les quatre phrases du carnet dans l'espoir de percer la teneur de ce *pardon* répété. À qui s'adresse-t-il ? À elle, à Dom, à ce dieu en qui Becca veut croire ? Comment Becca a-t-elle pu abandonner son propre fils ?

Au début de sa grossesse, Ada ne parvenait jamais à s'endormir, les idées noires descendaient nuit après nuit : elle était trop âgée pour enfanter, elle ne saurait pas aimer, elle n'oserait pas. Mais dire non à cette petite vie en elle avait été impossible. Elle l'avait aimée dès les premiers mouvements du fœtus. L'aile du papillon. Des bulles d'espoir dans son ventre.

La vieille femme fixe la lune et la lune la fixe. À force d'insomnie, elle atteint une forme de lucidité. Si Becca est partie, c'est qu'elle ne pouvait pas faire autrement. Bientôt il fera jour.

La lumière révèle une tapisserie à petites fleurs et le contour d'une commode bleue décorée d'étoiles argentées. Dom savoure le calme de la chambre où se devine la présence lointaine de sa mère. Il retire ses vêtements, car il a beaucoup transpiré et veut sentir l'air contre sa peau. Assis en tailleur, nu au milieu du lit, la pièce de monnaie posée sur sa cuisse. Rébecca lui manque, mais en tendant l'oreille, il y a le souffle régulier de la vieille femme aux yeux bleus et plus loin, l'ébrouement d'un cheval et même l'écoulement de la rivière.

Sur les marches de la caravane à fumer la meilleure cigarette de la journée, Graff aperçoit un chien aux oreilles noires et au visage blanc traverser le pré de cette manière furtive et déliée qu'ont les chiens de berger. Parvenu à la clôture du jardin, l'animal se faufile sous les lattes le plus naturellement possible, comme s'il rentrait à la maison.

52

René téléphone à midi. Aucune naissance à Malerne n'a été déclarée depuis dix ans et même en élargissant le périmètre, il n'y a rien à l'état civil pouvant coller avec le garçon. Ada le remercie et dit qu'ils verront bien ce qu'il faut faire, pour l'instant Dom lit dans le jardin.

– Il lit ? C'est bien ça. Qu'est-ce qu'il lit ?

– Le journal de sa mère.

Elle l'entend rire et marmonner des mots encourageants avant de raccrocher. Elle aurait pu ajouter que Dom sursaute au moindre bruit, parle peu, ne déplie jamais assez ses doigts pour montrer l'objet mystérieux au centre de sa paume. Dire aussi que peu après l'aube, il a dévalé l'escalier pour se projeter dehors où l'attendait une chienne prénommée Sonja.

Les oreilles du petit garçon ont la même forme que celles de Becca. Ada doit se retenir pour ne pas étendre le doigt et dessiner leur contour. Il étudie le carnet bleu tout en grattant du pied le dos de la chienne, elle s'est enfin assoupie.

Ada a mille questions en tête. Est-ce que Becca semblait heureuse là-bas ? Est-ce qu'elle te parlait de sa vie d'avant, de moi, de son père ?

Elle n'a pas encore la force de savoir. Au déjeuner, elle s'aventure néanmoins à demander comment il a appris à lire. Ils ont école avec Denise ou Kaï chaque matin, réplique l'enfant.

– Kaï, c'est le… ?

– C'est le maître.

Énoncé d'une voix neutre, les yeux rivés au contenu de son assiette.

À quinze heures, elle propose de l'emmener se baigner au lac. Il détourne imperceptiblement la tête, sa manière de s'opposer aux choses.

– Tu ne veux pas sortir ? Je vais faire un petit somme alors.

Elle tire la chaise longue à l'ombre et ferme les yeux. Quand elle les entrouvre quelques minutes plus tard, il est assis dans l'herbe et l'observe, la tête penchée sur le côté. Elle dit qu'elle a le sentiment d'être un oiseau rare. L'enfant rigole. Il a le sens de l'humour, c'est un début.

À travers la haie, ils voient Graff partir en direction de la rivière muni de son attelle et de sa canne à pêche. La jument le suit. Leurs claudications semblables et sa manière bien à lui d'attraper le soleil.

De son doigt, Ada frôle la joue du petit garçon.

– Je crois qu'on va manger du poisson ce soir.

– On ne consomme pas de chair violentée.

– Graff pêche avec beaucoup de tendresse.

Le dîner terminé, elle dit à Dom de l'aider à débarrasser et l'enfant emporte les deux assiettes de sa main droite, la gauche attrape difficilement une miche de pain. Elle va nulle part, ta pièce, dit-elle. L'enfant écarquille les yeux d'étonnement.

– C'est bien une pièce ?

Il entrouvre la main pour dévoiler son trésor avant de s'élancer en direction de la cuisine, la chienne sur les talons.

Seule dans le jardin, Ada bascule le cou pour questionner le ciel. Après avoir déposé les poissons, Graff est retourné à sa caravane. À peine une caresse de la main et le cliquetis du portail. Tu peux t'en aller, Ada a pensé, l'arrivée d'un enfant, ça change tout.

Son amoureux s'est éloigné. Becca a disparu. Les Simples vont réclamer son petit-fils, dont elle ne connaissait pas l'existence jusqu'à hier, à moins que les services sociaux ne s'en mêlent. Il faudrait que le temps s'arrête, pour décider comment agir.

Elle doit enjamber la chienne pour accéder à la cuisine. Dom est installé sur le banc, la pièce de monnaie glisse entre ses phalanges. Jude avait un tour de magie similaire, un penny voltigeant de doigt en doigt avant de disparaître dans sa manche.

Elle termine de ranger, une série de gestes domestiques contre le malaise qui l'étreint. Au moindre souci, plier du linge ou sortir le balai, comme le faisait sa mère, sa tante aussi. Les lèvres crispées, la parole éteinte. Pour rien au monde s'asseoir, ni exprimer sa peine.

La voix de Graff provient soudain du jardin.

– Éteins les lumières, Ada, éteins, et venez dehors !

Sa voix est enjouée, elle n'a jamais entendu ce rire dans sa voix. Le petit garçon la sonde, alarmé.

– Viens, dit-elle.

Dom sent battre fort son cœur. Il y a d'abord la nuit épaisse, la respiration de l'homme près de la table, la rumeur lointaine de la rivière. Ada a une inspiration de surprise. Il suit son regard, aperçoit d'infimes pointes de lumière au sol, un trait d'éclats qui mène au coin le plus sombre du jardin. Un mot s'y illumine.

Il n'a jamais vu son prénom écrit ainsi, chaque lettre semblable à une étoile.

Rébecca lui a montré des lucioles l'été dernier, seulement trois ou quatre, jamais autant, jamais assez pour former un mot. Certaines brillent davantage que d'autres, l'une faiblit, l'autre se ravive, jamais son prénom ne disparaît. Il voudrait rester et les regarder toute la nuit.

53

La troisième nuit, Dom se réveille et la pièce de monnaie a disparu. Il n'ose pas allumer la lampe de chevet, allumer en pleine nuit était chose interdite à Malerne. *L'Esprit guidera tes pas dans l'obscurité.* De toute façon il fallait économiser l'électricité, Denise le rappelait tout le temps.

Il palpe le coton des draps, la toile du matelas, sous le lit. Sonja se faufile derrière lui, pensant qu'il s'agit d'un jeu. Quand le garçon commence à sangloter, elle s'éloigne, ventre à terre, les yeux désolés.

Le corps encore lourd de sommeil, Ada se hisse hors du lit et s'enfonce dans le couloir. Les pleurs de l'enfant s'interrompent dès qu'elle ouvre la porte. La chienne grogne. *Ssh Sonja, it's me...* L'ampoule du plafonnier est cassée. La vieille femme se faufile vers le chevet, allume, s'assoit sur le lit. Do-*om*, Do-*om*, qu'est-ce qu'il se passe ? Elle le devine à sa paume vide et au trouble flagrant dans ses yeux rougis.

La peluche oubliée sur un rebord de la fenêtre, le cahier de texte enfoui sous un magazine, le bonnet enfoncé entre les sièges d'une voiture... certaines mères savent déceler la cachette des choses perdues, à croire qu'une boussole habite leurs mains ou qu'un compas invisible leur dessine le périmètre à explorer. L'enchaînement des gestes revient spontanément à Ada: retourner les poches du bermuda qu'elle a acheté le matin même, écarter le lit du mur, soulever les coins du matelas, secouer l'oreiller, retirer la taie. La pièce s'échappe, le tintement de sa rotation prodigieuse sur les lattes du plancher.

La pièce empoignée, Dom renifle et attrape un bout du drap pour s'y moucher. Il s'arrête.

– Vas-y, personne ne regarde.

– Si, Sonja ! hoquette l'enfant, une sorte de blague.

Ada rit et l'attire contre sa poitrine, sa main autour de cette petite main autour de la pièce.

54

Quand la nuit s'y prêtait et qu'une histoire la prenait, la grand-mère de Graff rassemblait la *kumpània* et imposait le silence, élément rare chez les Lovara qui apprécient la clameur des voix. Elle disait que conter était une forme de médecine, que sans histoires, l'esprit s'assèche et le cœur tombe malade. Assis sur ses genoux, le dos bien calé contre sa poitrine enveloppante, Graff basculait la tête et contemplait les plis qui s'agitaient sous son menton.

Chirikla ne raconta qu'une seule fois l'Histoire du Lovara qui traversa la rivière. *E lovarìcko rromesqi paramića ko perdal o paji nakhlas,* en romani. C'est un récit trop grave, avertit-elle, d'autres se chargeront de le répéter après moi. Certains membres de la *kumpània* hochèrent tristement la tête.

– Il y a des hommes qui mettent plusieurs années à ouvrir leurs yeux, déclara la vieille femme à mi-voix. Yoska, mon mari, était de ces hommes-là. Il chantait bien. Il parlait cinq langues. Il maquillait convenablement les chevaux, même s'il se perdait un peu dans les détails. Pourtant, une partie de lui était endormie, sans ça cette histoire n'aurait ni début ni fin.

Au bout d'une longue pause qui rassembla les consciences et fit taire les enfants, Chirikla prononça le mot magique :

Donc… L'histoire démarrait véritablement. Les doigts de son petit-fils caressaient déjà la chair tombante de son menton.

– *Donc*… Pourquoi Yoska est-il parti vers l'ouest? Il racontait qu'un songe lui avait révélé le chemin menant à un marchand yougoslave qui nous aurait volé cinq chevaux. Il était donc de son devoir de le suivre. Les uns ont dit que c'était pas le moment, la nouvelle guerre des *gadjé* compliquait la route et les *tiganii* risquaient d'être abattus comme des chiens errants. Les autres traitèrent Yoska de grand rêveur, façon de dire qu'il devait suivre ses rêves. Il en allait de l'honneur de tous les rêveurs. Moi, j'ai vu que les paupières de mon homme le démangeaient et que je risquais de le perdre s'il ne partait pas. Alors j'ai craché « bon débarras ! » en nouant un *diklo* tout neuf à sa veste pour indiquer qu'il était déjà pris.

Yoska est donc parti. C'était l'été.

Nous savons qu'il a mangé de la montagne, de la forêt et des dizaines de hérissons. Nous savons que les cinq chevaux du fameux Yougoslave l'ont attiré, attiré au-delà de l'endroit où Yoska pensait les trouver et que ce grand rêveur crétin s'est obstiné à les suivre sans savoir en quel territoire, ni dans quelle langue, ni en quelle année il s'égarait.

Une nuit, il réussit à voler trois poils à l'un des chevaux. Une nuit, il reçut un fusil, un uniforme et l'ordre de tirer. Une nuit, il croupit six mois dans une grotte. Il s'agit là d'autres chapitres de l'histoire et certains chapitres ne conviennent pas aux oreilles des enfants !

Les enfants protestèrent. Chirikla ignora leurs protestations.

– Quelque part entre l'été et l'hiver de l'an 1942, Yoska foula le sol français. Il vit la mer et le sable et rencontra un groupe de manouches qui fuyaient la guerre et lui conseillèrent de faire pareil. À cet instant précis, il décida de rentrer au pays, car ses petits yeux de rêveur commençaient à bien s'ouvrir. Hélas, quand un Français lui dit de se rendre sans délai à un bureau pour obtenir son permis de circuler, Yoska se pointa poliment à ce bureau.

Au bout d'une nouvelle interruption remplie de soupirs et de sanglots, Chirikla reprit l'histoire.

– *Donc*... Le jour même, il se retrouve avec des centaines d'autres comme nous, hommes, femmes, enfants, dans une enceinte aux barbelés électrifiés. En France comme ailleurs, le rejet des Roms n'est pas né avec la guerre, la guerre a seulement donné aux *gadjé* l'occasion pour se débarrasser de nous... Ce camp d'internement est un lieu aussi terrible que l'endroit qui a entendu le premier cri de mon petit-fils et le dernier souffle de Věra, sa mère. Aucun être vivant ne peut vivre en cage. Pour nous, c'est pire que ne pas vivre. C'est la mort derrière la mort.

Donc... On sait que Yoska maîtrise cinq langues. Or, il ne connaît qu'une poignée de mots français.

– Lesquels ? fit Graff.

– Poubelle, jument et Tais-toi petit-fils d'amour, écoute l'histoire ! Une saison sur l'autre, Yoska ne mangea pas à sa faim ni ne but à sa soif, le toit en tôle ondulée gardait la glace comme le soleil, il portait une veste sur sa peau nue et comptait les poux dans sa barbe. Mais, comme la plupart des nomades étaient français, il emmagasina des dizaines de mots nouveaux. Les mois passèrent, et voilà qu'une religieuse rend visite aux prisonniers. Il faut croire que l'accent biscornu de Yoska l'a séduite, à moins qu'elle n'ait eu pitié de lui. Cette religieuse connaît une autre religieuse qui connaît des femmes juives emprisonnées dans un camp proche de celui des voyageurs. Un jour, elle annonce à Yoska qu'il va accompagner trois Juives en Suisse. Comment je vais sortir du camp ? il demande. Tu seras mon traducteur, répond la religieuse. C'est ainsi que Yoska se retrouve dans un dispensaire à traduire les questions-réponses de tout un tas de prisonniers et que, à la fin de la journée, la religieuse lui dit de prendre ce long couloir sur la gauche, il y trouvera un manteau suspendu à une patère, il l'enfilera, et puis il verra une porte sur la droite, il l'ouvrira. Que Dieu vous protège.

Yoska n'est pas certain que Dieu veuille le protéger, jusqu'ici Dieu s'est plutôt montré discret, néanmoins un fourgon est garé dans la ruelle et un gamin adossé au mur pointe le véhicule de la tête.

Assis à l'arrière du fourgon, Yoska sentit quelque chose au fond de la poche du manteau et quand il s'habitua à la pénombre, il vit que c'étaient de fausses cartes de circulation. Face à lui, deux jeunes femmes et une petite fille l'observaient, un air de vertige dans les yeux.

55

Le chapitre final de l'histoire du Lovara qui traversa la rivière est celui que Graff raconte à Dom. Ils s'installent dans le jardin et attendent la descente de la nuit, car les bonnes histoires ne se racontent pas en plein soleil. Dom, assis à côté de l'homme, la pièce camouflée dans sa main. Ada allongée dans la chaise longue, Sonja à ses pieds.

Dans le calme du crépuscule, ils entendent le frémissement satisfait de la jument quand elle relève la tête du pâturage au bord de la friche.

Graff démarre par une brève introduction, à la manière de Chirikla. Pendant la guerre, son grand-père, Yoska, fut caché dans une grange avec deux clandestines et une petite fille. C'était quelque part en France, au-dessus d'une vallée enneigée et austère. La journée, ils restaient cloîtrés, le soir venu, ils rentraient les chèvres. Les deux femmes étaient timides et parlaient peu. La petite fille, souffrante, dormait souvent. Et Yoska ne songeait qu'à retrouver les siens et la liberté. En temps de guerre, le malheur semble éternel et l'attente étire la nuit.

Donc… Graff s'entend dire. Ada sourit et entrecroise ses mains sur son ventre. Dom roule la pièce entre ses doigts.

– *Donc…* Mon grand-père vécut plusieurs mois dans cette grange. Par crainte des soldats, il ne pouvait ni descendre au village, ni marcher dans les bois. Il s'occupait comme il le pouvait, attendait avec impatience la visite du fermier et cherchait à faire rire la petite fille en chantant. C'est la petite qui trouva la broderie encadrée. Un carré de tissu décoré au point de croix, oublié dans une caisse du grenier où ils dormaient. Yoska était maladroit, mais il se mit en tête que broder des dizaines de x sur un bout de toile ne devait pas être si difficile, ça tuerait le temps, ça divertirait la petite. Il fallait seulement trouver du fil…

Quand la femme du fermier apprit que les « gens de la grange » désunissaient de la corde pour fabriquer du fil à broder, elle prit le sentier de la montagne armée de sa carte d'identité et d'un panier de couture. C'était un acte courageux, car la milice surveillait le moindre mouvement.

Elle visita la grange plusieurs fois, décidée à enseigner la broderie à Yoska, décidée aussi à lui transmettre l'art et la manière de passer pour un gars du coin. Elle l'invita à se couper les cheveux, à se raser de près et à ne composer que de jolis paysages français sur des carrés découpés dans d'anciens sacs de blé. Mon grand-père broda des sommets enneigés, des cerisiers en fleur, des cercles de pâquerettes et des bouquets de tournesols. Point de croix après point de croix, ses doigts s'accordaient et son esprit s'apaisait. La nuit venue, il promettait à la femme qu'il aimait (ma grand-mère) qu'il lui rapporterait des dizaines d'images du bonheur.

Un matin, des soldats pénétrèrent dans la grange. Les trois femmes détalèrent dans une direction, Yoska dans l'autre. Il portait un manteau trop grand et des bottes d'une taille inférieure à ses pieds, dégottées au marché noir par le fermier. Au fond de ses poches, il y avait deux patates, un gant, une fausse carte d'identité et seize ouvrages au point de croix.

Sans jamais étudier de carte, Yoska savait trouver les chemins de traverse. Faute de cheval, il chaparda des vélos, se hissa dans des trains de marchandise. Il ne se détourna jamais de l'est, obnubilé par l'idée de rejoindre les siens.

Il atteignit enfin un fleuve, un pont et une ligne de réfugiés qui s'étirait entre nulle part et nulle part. Dès que Yoska aperçut les cinq uniformes à l'entrée du pont, il fit demi-tour. Avec son manteau trop grand et ses bottes trop petites, le nez en l'air comme s'il passait là par loisir. Une main s'abattit sur son épaule et un jeune soldat aux yeux vides lui aboya de se tenir tranquille.

Yoska maîtrisait un tas d'expressions françaises et pouvait se couler approximativement dans la peau d'un *gadjo*. Il possédait une fausse carte au nom de je-ne-sais-qui et une barbe soigneusement taillée. Cependant il le *pressentait*: aucun de ces éléments ne le protégerait du soldat. En conséquence, il fit une chose incongrue: il proposa au jeune homme un cadeau pour sa mère. En français et en allemand, car il ne savait plus qui occupait qui sur ce territoire. Se revendiquant marchand d'art, il avoua posséder des œuvres inédites. Clin d'œil, *Willst du sehen ?* Tu veux voir ma collection ? *Für deine Mutter ?*

Il se peut que ce soit le souvenir de sa mère qui émut le jeune soldat. Ou la vue de ces broderies où perçait la promesse du printemps. Il se peut qu'il eût un faible pour les tournesols ou les cerises ou la paix. Quoi qu'il en soit, son regard s'anima et Yoska se dit qu'il avait gagné.

Or, le soldat ne voulait pas une seule broderie, il les voulait toutes !

Aïe aïe aïe, pensa Yoska, tout ce travail ! Ces centaines de gestes minutieux pour faire apparaître le soleil dans l'obscurité de la grange ! Oh ah oh ah... et ce sentiment de faire corps avec le fil, d'être *auteur* de quelque chose !

La mort dans l'âme, il céda pourtant sa collection, il en allait de sa liberté. Et c'est ainsi que mon grand-père traversa la rivière qui le ramènerait chez lui.

Dom le fixe sans dire un mot.

– Mon histoire t'a plu ?

– Il n'a rien gardé, pas une seule broderie ?

– Non. Il n'en avait plus besoin.

– Je vais aller dormir maintenant.

En quittant le jardin, le garçon glisse la pièce de monnaie dans la poche de son short.

Je crois que je t'ai aimé plus encore en te voyant apprivoiser mon petit-fils.

T'écouter imiter le sifflement de la chouette et du corbeau, te voir guider sa main sur l'encolure de la jument.

L'explication de tes tatouages et l'enfant te décrivant les violettes noires sur le mollet de sa mère. (J'avais pleuré quand Becca était apparue avec ce tatouage. Je ne supportais pas l'idée qu'elle laisse une pointe métallique perforer sa peau. « Au moins c'est floral, Guy a ri, au moins ce n'est pas Fuck the police, *ou pire :* Maman. »*)*

Ta ruse pour le libérer de cette satanée pièce. Le conte du Lovara qui traverse la rivière. Tu as dit que ta grand-mère t'avait raconté cette histoire et que les bonnes histoires sont des médicaments. Qu'installé sur ses genoux, tu jouais avec la chair pendante et soyeuse de son menton. J'ai imaginé tes petits doigts déplaçant les plis et j'ai vérifié mon propre menton et tu as rigolé.

Graff, j'ai aimé faire l'amour en silence, ton doigt posé sur mes lèvres, le fou rire qui afflue, le sentiment d'être des adolescents ivres de sensations s'aimant parmi les herbes sauvages.

« There is a crack in everything, that's how the light gets in » *chantait ton poète préféré. Il y a une fêlure en toute chose, c'est par là que passe la lumière.*

Tout n'est qu'ouverture à présent, la nuit est parfumée d'iode, j'entends enfin l'océan.

Tu es dans mes pensées en permanence. Mon ventre te réclame, ma nuque, mes cuisses et mon rire te réclament, je n'ai pas honte de l'écrire, désirer si fort est un cadeau inattendu.

(*Extrait des lettres d'Ada*)

56

Becca balaie quelques miettes de pain sur la table en formica. L'animatrice lui a donné un sandwich, elle devrait le manger, sinon elle aura faim tout à l'heure.

La fille qui parlait au téléphone au fond du réfectoire raccroche et s'allume une cigarette.

– C'est joli tes cheveux comme ça !

Becca frotte spontanément sa nuque, étrangère encore à la sensation – dénudée, frêle – de son crâne sans dreadlocks.

– C'est toi quiza coupés ?

La fille s'approche, paquet de cigarettes tendu.

– Prends, j'en ai plein, ma mère m'envoie des cartouches.

Elle s'installe à la table. Becca se tend, prête à déguerpir.

– Je peux partir si tu veux, si t'as envie d'être tranquille.

Elle est pitié/honte, cette fille, ça se voit. Les yeux transparents, la peau fine. Elle se serait vautrée dans les Simples comme un chien dans une charogne.

Elles fument leur cigarette. Les vitres en hauteur encadrent un ciel embrumé, la nuit descend sur la bruine. Becca a laissé sa parka humide sur un lit dans le dortoir, l'animatrice lui a dit que c'était OK, le lit serait le sien jusqu'à demain, après il fallait voir.

La fille tapote sur son téléphone. Un jeu débile. Des scarifications au poignet. Elle lui a souri ce matin dans la queue pour accéder aux douches. Salut, tu viens d'où? Becca s'est contentée de balayer ses dreadlocks d'un coup de nuque.

La fille éteint son jeu et étudie le crâne de Becca.

– Y a des bouts qui dépassent quand même, je peux te faire une vraie coupe si tu veux, j'ai fait coiffure.

Becca acquiesce sans savoir pourquoi.

– Ça va, ils t'ont pas fait chier les flics?

– Non, ça a été. Ils me prenaient pour quelqu'un d'autre.

– Sont cons.

– Ouais.

– Y paraît que t'as échappé à une secte?

Becca la foudroie du regard.

– C'est ce qu'on raconte, c'est tout…

Le maître disait que pour en finir avec la rumeur, il faut la refuser. « Masque tes lèvres de tes mains et, de ta volonté, ferme tes oreilles, repousse les vagissements maladifs, les fermentations hypocrites, la bêtise ordinaire… » Pourtant, il l'aimait, la rumeur. Il s'adonnait à la distribution des secrets et au métayage des on-dits. S'il s'était fermé les oreilles, il n'aurait pas su que Becca était enceinte, il ne l'aurait pas frappée et secouée comme une poupée de chiffon en lui interdisant d'avorter. Il n'aurait pas corrigé Dom pour la punir.

L'émotion la secoue, les larmes lui montent aux yeux. *Pourvu qu'il soit parti, pourvu qu'il ait suivi la rive jusqu'à la maison.*

– Du coup, je te les coupe? insiste la fille. Bouge pas, je vais demander des ciseaux à Annie…

Becca tire une nouvelle cigarette du paquet de Camel. La brûlure du tabac sur la langue. Le téléphone que la fille a laissé sur la table.

Elle compose le numéro et entrevoit la résonance des sonneries depuis l'appareil posé sur le guéridon dans l'entrée jusqu'au salon, de la salle à manger à la cuisine… Elle raccroche. *Qu'est-ce que tu fais ?* Le besoin de sentir le souffle de son fils dans sa nuque et de poser sa tête contre l'épaule de sa mère la broie.

Elle recompose le numéro. Les sonneries se prolongent, de plus en plus urgentes, de moins en moins solides. La maison est vide. La maison de son enfance n'est plus habitée. Ada a renoncé à l'attente. Elle a eu raison.

Les sonneries montent l'escalier et résonnent à l'étage, un appel de chambre en chambre. Celle des parents, claire et sobre. La sienne, rideaux jaunes, tapisserie fleurie, derrière la commode un poème d'amour gravé sur le mur. Les sonneries répètent leur solitude, la sienne, celle d'Ada, celle de la maison elle-même. La commode venait du grenier. Becca l'avait peinte en bleu nuit et pointillée d'étoiles argentées. Le temps d'un été, elle redonnait vie aux meubles relégués au grenier. Tu seras antiquaire, riait sa mère. Tu seras médecin, prévoyait son père. Ou architecte ou paysagiste ou… Tu verras bien, t'as le temps, disait Ada.

Elle ne serait rien du tout.

Elle s'apprête à raccrocher quand la sonnerie s'interrompt.

– Allô ?

La voix inquiète. À bout de souffle. Elle a couru.

– Allô ?

Chacune écoute de son côté.

– Becca ?

Elle l'a sentie. Reconnue.

Dans le temps, Becca se demandait si c'était cela, être mère : tout sentir.

– Tu es où ?

Ada demandait toujours ça au téléphone. Comme si le fait que Becca soit à la boulangerie, dans un champ ou devant le lycée avait de l'importance.

– Je peux venir te chercher, *cariad*… dis-moi.

– Il est avec toi, Dom ?

– Oui.

L'étau qui la serre depuis dix jours se détend. Ses épaules lâchent. Elle raccroche.

La fille revient, accompagnée de l'animatrice, ciseaux en main.

Becca repose le portable sur la table.

– Je te l'ai emprunté, fallait que j'appelle quelqu'un.

– Pas en Australie au moins ? rigole la fille.

– Je te rembourserai de toute façon.

Et à l'adresse de l'animatrice, en vol stationnaire entre les tables, ne sachant que faire des ciseaux, les vilains ciseaux :

– Ne vous inquiétez pas, madame, elle va seulement arranger un peu ma coupe…

– Faire qu'elle a l'air normal, quoi, ajoute l'autre.

57

Le vent se lève d'un coup. Un flot brutal qui agite les eaux de la rivière et plie les sapins. Ceux qui suivent de près l'origine des phénomènes atmosphériques maintiennent que ça vient du sud. Ils y décèlent un goût de cendre, d'autres, une odeur de sable. Ce serait le sirocco, bien que le sirocco n'ait jamais franchi le relief cévenol, ou le meltem, une anomalie soufflant depuis les Cyclades. Le danger de tempêtes terribles est évoqué, on se souvient de *Lothar* et de *Xynthia*. Les pompiers craignent des feux de forêt. Le linge s'envole. Les tuiles tombent. Les vieux stores de La Locura sont emportés. Lola avoue qu'elle aime ça. À Barcelone, le passage d'Éole opérait le grand nettoyage des toiles d'araignées accrochées au plafond et sous son crâne.

Ça me saoule, gémit Melisa, traversant la salle du restaurant pour s'enfermer dans sa chambre. Ça me *saooooule*.

Un client rigole et fait signe à Lola, son ballon de merlot est vide. Le vent hurle. Les vieux bougonnent. Si le mistral leur convenait, ils seraient nés à Perpignan ou à Montélimar. Le beau-frère d'Élise Boucheron, un gars dit mou de la tête, rappelle que le gitan vient du Sud, c'est peut-être lui qui a fait venir le vent. L'assemblée éclate de rire : Faut pas exagérer, d'abord il est pas du Sud, puis si les gitans savaient contrôler le vent, ils seraient les rois du monde !

– Déjà que c'est les rois du pétrole ! ajoute le gars, dans sa logique impénétrable.

Allongée dans la pénombre de sa chambre, Melisa maudit le paradoxe : fermer les fenêtres et mourir de chaud ou les ouvrir et être assaillie par le vacarme. Elle allume le ventilo, monte le volume de la musique et tente de se faire jouir, mais les cris aigus du vent l'empêchent de se concentrer et le visage du gréeur lui échappe. Renonçant au plaisir, elle roule sur le dos et s'imagine débarquer dans une ville du Sud, les forains l'accueillant comme leur propre fille. Elle devient écuyère, version moderne, mélange de Kristen Stewart dans *Twilight* et de Kylie Jenner, le projecteur illumine son arrivée sur la piste, applaudissements, sifflements, la voix excitée du Rouge : *T'es belle ! Je t'avais dit que t'avais des jambes d'écuyère*, déhanchements sexy, mains dans les cheveux, triple flip en avant à côté d'une monture noire parée de plumes blanches… Le rêve vole en éclats. Melisa ne sait pas comment enfourcher l'animal. Attraper l'encolure ? Se hisser sur les flancs ? Le cheval majestueux devient la jument malade du gitan, cette bête terne qui pue la vieillesse et la poisse.

L'adolescente attrape son téléphone et envoie un message : « Faut que je vous parle. Urgent. »

Sur la friche, le vent soulève la poussière et emmêle les herbes folles. La jument hennit et campe ses sabots dans le sol, les oreilles pointées en arrière. Ada propose de l'abriter dans son garage, elle va sortir la voiture. Le vent contre la tôle la stresserait davantage, lui dit Graff. Venez, on va marcher.

Pour éviter les chutes de branchages, il les entraîne sur la place, à travers le village, jusqu'au pont en pierre, une boucle d'une vingtaine de minutes. Sa main sur le flanc de l'animal,

Dom récite une suite d'onomatopées réconfortantes. La jument se calme. Lors d'une bourrasque, Graff le soulève par la taille et Ada crie : Quel bruit ça fait, Dom ? Quel bruit ça fait ?

– *Foooocoouuu-foouu-fffffouuah-rah-rah-rah,* hurle l'enfant, les yeux vifs et clairs.

À leur retour, Kaï les attend dans la cuisine.

– Sacré vent ! dit-il en souriant.

Et le vent se tait.

58

Lorsqu'ils atteignent le portail, Kaï klaxonne et la grille s'ouvre. Les Simples attendent dans la cour. Aucune phrase n'est prononcée. Ils lui jettent seulement un regard curieux, comme si Dom s'était perdu quelques heures dans les bois ou qu'il avait oublié d'enfiler son manteau. Kaï s'engouffre dans son bureau sans dire un mot. Les autres se préparent pour la prière nocturne, ce sera dehors sous les arbres, le passage du vent a tout nettoyé.

Jean-Jean lui donne une pichenette sur la tête. Viens. T'as pas soupé ?

Assis à la table de la cuisine, Dom mange sans penser à ce qu'il mange. Depuis le trajet en voiture, une fatigue est descendue sur lui, il se demande comment il va réussir à traverser l'herbe pour la prière.

Son assiette terminée, il se lève pour débarrasser et Jean-Jean la lui prend des mains.

– Monte dormir, va.

Seules les femmes incommodées ont le droit de sauter la prière.

– C'est pas grave, pour une fois. Dieu t'entendra dans ton lit. Hé, elle t'a suivi jusque là-bas, la chienne ?

Dom remue la tête.

– Elle va revenir. Sûrement.

Dom se penche par la fenêtre du dortoir et siffle trois fois. Elle est peut-être cachée dans les bois. Graff sait imiter la chouette, le corbeau et un oiseau dont il a oublié le nom. Dom tente le sifflement du corbeau. Depuis la cour, les chiens lèvent la tête. Sonja n'apparaît pas.

Tout à l'heure, dans la cuisine d'Ada, le maître a parlé comme s'ils étaient amis. On a eu tellement peur, merci à vous ! Les notes grinçantes du mensonge. Dom a discrètement attrapé la pièce de monnaie posée sur le buffet, il n'y avait pas touché depuis deux jours.

Sonja s'était déjà évanouie par la porte de la cuisine.

Je vais appeler les gendarmes, Ada a dit.

Kaï a hoché la tête. J'y ai pensé aussi, mais je ne voulais pas faire peur au petit. Une ligne de fer dans la voix, les yeux qui aiment et pardonnent.

C'est la gendarmerie qui m'a donné votre adresse, il a ajouté. Ils savaient qu'on le cherchait. Quelle angoisse !

Dom a vu les joues d'Ada devenir grises. Ce n'est pas normal, je ne peux pas vous laisser l'emmener… Sa poitrine maigre s'élevait retombait s'élevait. Graff serrait les poings. Il ne ressemblait plus à Graff. Dom a pressé la pièce dans sa paume. Il s'est dit qu'elle laisserait une empreinte, une tache sur sa peau pour toujours. Pour se souvenir. D'ici.

Ada a insisté : Excusez-moi, ce pourrait être n'importe qui son père ! Kaï a tiré un papier de sa poche. Ada a levé ses lunettes pour lire et Graff s'est détourné.

Écoutez, expliquait le maître. On va gérer ça en bonne intelligence. Demain, si vous voulez, on ira ensemble à la gendarmerie. Avec le livret de famille, l'acte de naissance, tout le tralala. Pour l'heure, je voudrais que mon fils puisse dormir dans son lit. Vous comprendrez que je ne peux pas le laisser une nuit de plus chez des inconnus.

Je ne suis pas une inconnue. Je suis la mère de sa mère.

Sa mère l'a abandonné, a dit Kaï.

Ada s'est assise. Ses mains tremblaient. Deux ailes d'un papillon de nuit.

Tu veux rester un peu ici ? a demandé Graff. Dom a secoué la tête. Sinon le maître serait venu pour rien.

La pièce de monnaie collait à sa peau. Elle refusait de glisser de doigt en doigt. Elle voulait rester sur le buffet.

Le maître a avancé sa main d'un coup, paume ouverte. Dom a tout de suite compris. Il fallait y déposer la pièce pour s'acquitter de sa dette. S'absoudre d'avoir *déserté transgressé dégagé foutu le camp…*

D'un coup de pouce, Kaï a envoyé la pièce en l'air pour la plaquer contre le dos de sa main : Pile !

Comme un jeu.

La pièce empochée, il s'est levé et Dom l'a suivi.

Cela aurait été pareil si elle avait atterri sur face.

59

Ada ne songe qu'à rouler. Jusqu'à l'Atlantique si possible. La voiture vrombit, les virages défilent, aigus, subits. Elle a laissé un fou emporter son petit-fils. Elle s'est disputée avec Graff.

T'y peux rien, il a dit. C'est son père, Ada. Qu'est-ce que tu pouvais faire ?

Elle a éloigné sa main de sa nuque. J'ai besoin d'être seule. Laisse-moi.

Tu m'en veux ? Ses yeux ravagés. Trahis. Tu m'en veux, Ada ?

Oui ! *Oui !*

Sa propre lâcheté troquée contre l'impuissance de son amoureux.

Elle aurait dû le serrer, cet enfant. Le protéger, comme Becca le marronnier. Toutes, elles auraient dû se serrer. Bella. Ada. Becca. Toutes, elles n'auraient pas dû laisser pointer en elle l'irrésolution, la peur, la hantise. Unies, elles auraient su empêcher l'homme d'emporter l'enfant.

Des kilomètres de pins, leurs troncs gigantesques percés par les phares, ligne après ligne de blancheur sur l'asphalte… La distance n'y change rien, elle se déteste.

Elle gare la voiture dans un parking sommaire, en bordure de forêt. Par un automatisme absurde, elle cherche les pictogrammes de randonnée.

Des branches cassées par le vent jonchent le sentier. Ses yeux s'accoutument à l'obscurité. Elle marche longtemps et finit par s'asseoir à quelques mètres d'un étang, le dos contre un tronc. L'infinité étoilée retient la cime des arbres. Elle ne sait plus où commence le ciel et où s'arrête la terre. Son souffle est si profond qu'elle croit sentir ses côtes éclater. Elle ferme les yeux et donne toute sa concentration à Dom et à Becca, leur envoyant par la pensée un sommeil paisible, une nuit sans crainte.

Quand elle se réveille quelques secondes plus tard, un cerf s'abreuve sur la rive opposée de l'étang. L'animal a dû sentir sa présence, car il lève vers elle sa tête magnifique avant de s'évanouir d'un pas nonchalant entre les sapins. L'unique utilité de ma vie est de secourir mon petit-fils, médite-t-elle. On ne peut éternellement serrer ceux que l'on aime, la vie contient trop d'imagination. Des lignes de faille, des sorties de route, des glissements de terrain et des carrefours invisibles. Mais les enfants, eux, doivent être protégés. Et depuis trop longtemps, je me crois incapable de modifier le cours des choses.

Sur la route du retour, elle se promet de contacter les services sociaux et un avocat à la première heure. Et d'aller s'excuser auprès de Graff avec une tasse de café et des œufs au plat.

60

La jument capte d'abord l'odeur d'essence. Viennent ensuite les voix adolescentes, leurs déplacements nerveux et crâneurs. Une embuscade dans la nuit, ça la réveille entièrement.

Elle est née dans un centre équestre en Saône-et-Loire et y a appris à lire les expressions humaines. La joie et la gentillesse. La crainte. La colère de celui qui redoutait de la chevaucher, préférant sa monture mécanique, une moto de cross qui empestait les champs.

Grâce à une annonce dans le journal, Cindy, écuyère et dresseuse de colombes, jadis aussi l'amante passagère de Graff, l'a achetée. Selon la propriétaire du centre équestre, la yearling manquait de flegme, qualité principale des chevaux montés par une dizaine de cavaliers différents chaque jour.

Cindy dompta sa nervosité, l'accoutuma aux spots filants sous le chapiteau, aux tonnerres d'applaudissements et aux sachets de pop-corn s'envolant au-dessus de la piste. Les galops en cercle derrière les autres chevaux, la répétition des mêmes manœuvres soir après soir devinrent pour elle une source de plaisir et de sécurité. Détachée de toute décision d'allure ou de direction, la jument n'avait plus qu'à tourner.

Il se dégage des adolescents sur la friche l'odeur du centre équestre les jours de peur. Mélange d'essence, d'à-coups et d'imposture. La jument ne se souvient pas de l'origine de cette combinaison, les chevaux ne possèdent pas une mémoire linéaire, les sensations affluent depuis une somme infinie d'expériences. Cependant, quelque chose se souvient. Et elle reconnaît la fille qui a traîné autour de la caravane.

Inquiet, l'animal émet une série de souffles puissants pour alerter les autres chevaux, mais il n'y a pas d'autres chevaux, et le vieux s'est éloigné dans la direction des grands arbres avec sa tête des mauvais jours et une bouteille à la main.

Les rires des adolescents écorchent ses oreilles et font trembler ses flancs. Allez, *brouu* ! fait un garçon avec de grands gestes disloqués. La jument recule, traînant la corde jusqu'au mur du supermarché.

Galvanisés par le regard de la fille, sa manière de pouffer tout en leur enjoignant de se taire, les garçons chahutent et se prennent pour des hommes.

– T'inquiète, il va se barrer vite fait, le salaud.

– T'es sûre qu'il y est ?

– Non !

Éclats de rires suivis des *chut chut* urgents de Melisa.

– Regarde dedans, je te dis. Soulève-moi !

– T'es trop lourd, toi. Mel, monte sur mes épaules !

Rires. Clins d'œil.

– *Chuuut !*

Ils n'ont pas réfléchi à l'organisation, ils ont un peu bu, un peu fumé, l'idée s'est présentée en fin de nuit parce que la colère de Melisa ne fléchissait pas. Elle abondait en détails de plus en plus précis, elle pleurait aussi, à tel point que l'un d'eux l'a accusée d'exagérer.

– J'te dis que c'est un pervers, tu crois que je pourrais inventer des trucs pareils ? On voit que t'as pas de sœur, sinon tu me croirais…

– Je te crois, arrête !

– Merde. Y a une bonbonne de gaz.
– On va pas envoyer du lourd, à peine deux litres.
– Vas-y, personne va mourir non plus…
Une bouteille en plastique tombe au sol. La jument fait une incartade. La puanteur de l'essence se loge dans sa gorge.
– Si les pompiers viennent, on pourra danser sur les gyrophares.
– *Techno-fire !*
– Techno-débile, ouais !
– Bon, qu'est-ce qu'on fait ? Il va faire jour bientôt.
– Qui allume ?
Chacun trouve une chose à fixer. Le vide. Les ongles. Melisa.
Elle les traite de lâches et attrape le foulard d'un garçon – Arrête, ma mère, elle va me tuer ! – pour l'enfoncer dans la bouteille de vodka.
– Tu sais même pas lancer, Mel !
– La ferme, passe ton feu.
Ils hurlent et se dispersent à l'unisson.
La jument imagine que c'est fini, le ciel va se lever, le vieux revenir, les oiseaux piailler.
Quand les cloisons de la caravane s'embrasent, elle se projette vers l'avant, à côté, n'importe où, n'importe comment, pour échapper à l'odeur plus terrifiante encore que les flammes. Le nœud de Graff résiste à la tension folle de son corps en panique. Savoir nouer, c'est aussi important que savoir marcher. C'est la longe, une corde plate tissée sur quinze mètres de longueur et réputée pour sa robustesse qui finit par se déchirer.

Libérée, la jument se propulse contre la barrière du pré, brisant les lames de bois, sa crinière déjà mêlée aux fils de fer, la longe enroulée entre les piquets. La fumée s'engouffre dans sa bouche, ses narines, ses yeux. La bête est prise par la folie de tout faire voler, la barrière, le feu, le goût du sang salé sur sa langue, et cette jambe qui plie, ce brouhaha dément dans ses oreilles.

61

L'odeur âcre et chimique avale l'air. Ada stoppe la voiture devant le cordon de sécurité et descend la ruelle à pied, les yeux rivés à l'attroupement. Certains portent encore leurs vêtements de nuit, des peignoirs, des pantoufles, on dirait de vieux enfants.

Where are you?

Ils sont tous venus. L'une qui se masque la bouche de la main, l'autre qui hoche petitement la tête, celle qui gesticule quand Ada passe. Tout le monde le savait que ça se terminerait mal, entre les poubelles et les rallonges électriques, entre la bête mourante et les cadavres de bouteilles, c'était le feu ou les rats !

Où es-tu ?

Elle voit des parents blêmes et des vieillards inquiets. Ici, Élise Boucheron pantelante d'émoi. L'ancienne professeure de musique, le pharmacien, le curé dans sa robe de chambre triste, avec sa bonté dérisoire.

Ada accélère, elle croit courir. L'empuantissement du caoutchouc fondu, le relent de fumée mouillée qui colle à la peau et toute cette mousse que les pompiers ont aspergée. Lui vient l'idée qu'ils sont tous salis par ça, l'odeur du feu ne les quittera jamais. *Where are you? Where are you?*

Elle a dû crier puisqu'un voisin étend le bras et la délivre. Le gitan n'y était pas, Ada. Y avait que le cheval.

Le gérant du supermarché marche vers elle, il porte le fusil de Guy. On l'a trouvé par terre, madame Deletang, près du cheval, il n'est pas chargé, mais quand même…

Il ne sait que faire de l'arme. Il faut attendre les gendarmes, ils arrivent, y sont pas pressés, ceux-là !

– Laissez-moi passer.

Sa voix résonne, écorchée et laide. Les gens s'écartent en couronne, silencieux. *Angry Ada,* se moquait Gladys dans le temps.

La friche est une terre brûlée. La caravane, boursouflure hideuse, s'est tordue, affaissée sur elle-même. Les flammes ont eu raison des ronces et des coquelicots, du polyester et des rideaux fleuris, des boîtes de conserve, des disques et des édredons. Une masse grise gît près de la barrière du pré, à terre parmi les herbes et les cailloux. Sa crinière étalée, la longe rompue.

Un pompier frôle son avant-bras. Laissez-nous faire, madame, on va tout nettoyer, on attend juste la gendarmerie et le vétérinaire. Ada se dégage. Il renchérit : On a tout éteint, madame, y a plus de risque.

Comme si ce pouvait être cela, sa crainte.

– Faut croire que le gitan a… il suffit d'une bougie.

– Il est parti maintenant. Vous pouvez respirer tranquille.

– Soyez pas comme ça, madame Deletang.

– Ne me dites pas ce que je dois être !

Sa colère les surprend. C'est une vieille dame polie et réservée normalement, non ce tourbillon livide qui les fixe un à un : le notaire, la bouchère, l'instituteur, les gamins choqués, les vieux désolés et Lola, dont les bras entourent les épaules de sa fille qui semble abasourdie, *sidérée,* à croire que l'incendie lui a volé son terrain de jeu. Ses jeunes amis scrutent le trottoir. Blêmes. Incapables de croiser le regard d'Ada.

– C'est vous qui avez fait ça ?

Un garçon se passe la main sur la bouche.

– On n'a pas fait exprès, c'était un accident.

– *Go to hell! All of you, go to hell!*

Ils reculent. Elle est devenue une vieille femme défiante et incorrigible. Il était temps.

Le directeur du club de tennis intervient :

– On marche sur la tête, ou quoi ? Avant, on accueillait ceux qui étaient pourchassés !

Le père avance vers le garçon, exsangue. Deux, trois personnes entraînent leurs enfants, la main sur l'épaule ou la nuque, la voix ferme. Les autres restent cloués sur place, solidaires dans leur volonté de comprendre. Réticents, aussi, à laisser Ada seule.

La jument paraît plus petite dans la mort. Hier elle clopinait près de Dom. Contre les bourrasques du vent, une suite d'onomatopées joyeuses.

Graff aura songé à abréger sa souffrance. Le fusil de Guy, pris à la va-vite dans l'ancien bureau. Les cartouches dans le tiroir. Ada ne l'a pas soupçonné un instant d'avoir exploré sa maison, d'avoir enregistré l'emplacement des choses. Elle se demande si l'incendie l'a tiré du sommeil ou s'il l'attendait chez elle. La fumée l'aura alerté, il n'aura pas pu courir à cause de sa jambe. Elle ne parvient pas à décrypter l'ordre des choses, seulement leur conséquence.

Où était Graff quand elle roulait de nuit ? Où est-il à présent ? Elle l'imagine boitillant en direction d'une ville, d'une gare, emporté par son dépit. « Au mieux, les *gadjé* sont indifférents, au pire, ils veulent notre peau. »

Elle a eu tort de lui promettre l'inverse.

– Rentrez chez vous, s'il vous plaît. Ça suffit.

Sa voix a retrouvé sa stabilité. Ils s'éloignent. Silencieux, secoués, comme les témoins d'un accident auquel ils auraient échappé. Même Lola, même la gamine, jusqu'au dernier.

Il y a une couverture dans la voiture, un épais plaid écossais. Elle recouvre le corps du cheval. *Poor thing, beautiful thing.* L'œil vitreux, le sang épais et noir sur l'herbe.

Elle entre ensuite dans la maison et tire les volets contre la lumière du jour.

62

La nouvelle de l'incendie à La Roque excite les Simples une matinée entière. Lydie jure que les cendres dissipées ont réveillé son eczéma. Claudia marmonne en boucle que c'est arrivé un 12 septembre, douze c'est le chiffre de l'Apocalypse ! Ça contrarie Denise, spécialiste de la fin des temps. Il faut d'abord l'apparition d'un cheval verdâtre, tu devrais le savoir !

Le maître remercie le Seigneur d'avoir pris l'initiative de lancer l'incendie *après* la libération de Dom. Il compte corriger le garçon lui-même. Lassitude parmi les Simples : Une correction ? Encore ? *Pfff*... Kaï lève un doigt et Dom est expédié au dortoir. Depuis l'escalier, il entend Jean-Jean gueuler que ça suffit, il faut pas se prendre pour le Saint-Esprit non plus !

Kaï envoie Marthe et Anne dans la chambre avec un escabeau.

– On a réfléchi. Une correction ne nous semble pas opportune. Le Livre préconise l'obscurité.

C'est Marthe qui a décroché le rôle principal, celui de la messagère. Anne hoche vaguement la tête et cherche à comprendre comment se déplie un escabeau.

– L’obscurité où ?

La question de Dom les surprend. D’habitude, il brille par son silence.

– Ben… ici. On va dévisser les ampoules et fermer les volets, et personne ne viendra te voir jusqu’à ce que…

– Le feu, ça a brûlé tout le village ?

Marthe le perce d’un regard agacé.

– Cela ne te concerne pas, Dominique.

Du haut de l’escabeau, Anne soupire en analysant l’ampoule.

– Ça se dévisse, dit Marthe. Allez !

Elle se penche par la fenêtre pour ramener les battants et la chambre bascule dans le noir.

– Ne t’avise pas de toucher aux volets, on le verrait de dehors !

– Je te conseille de faire l’horizon, mon petit, suggère gentiment Anne.

Dom rigole.

– L’oraison, Anne, tu sais pas écouter.

Elles replient l’escabeau.

– Dites à Kaï de me rendre ma pièce. Une dette ne se paie qu’une fois.

La porte se referme doucement.

Kaï va exploser de rage quand Marthe évoquera la pièce de monnaie. Avec un peu de chance, cette rage se mettra en travers de sa gorge comme un os indélogeable, et le maître deviendra cramoisi, puis bleu, puis gris. Cela ne fera aucun bruit.

63

Quelques heures après l'incendie, René Deletang se rend à l'imprimerie de son ex-femme et fait tirer six mille copies d'une lettre reçue par son père en 1946.

Il roule ensuite jusqu'à La Roque où il convainc trois collégiennes qui traînaient à l'abord du stade d'en déposer un exemplaire dans chaque boîte aux lettres du bourg. Quand les gamines lui demandent ce qu'elles ont à y gagner, il leur répond de l'humanisme. Il leur fournit aussi quatre rouleaux de scotch marron et leur intime l'ordre de placarder la lettre sur les panneaux de la mairie, aux poteaux, dans les toilettes publiques, sur les bancs. Si quelqu'un vous emmerde, dites-lui de m'appeler !

Six mille copies en mémoire des six mille Roms internés dans les camps français pendant la Seconde Guerre mondiale. Six mille fac-similés pour clore le bec aux racistes, pour faire taire la rumeur et raviver le souvenir de la solidarité qui élevait autrefois ces montagnes. En marge de la lettre, il a porté une courte note manuscrite indiquant qu'il s'agit de la traduction d'un document rédigé en roumain à partir d'un témoignage oral en romani ; quelques erreurs de grammaire pourraient donc subsister. Le témoignage, daté « 1945, septembre », est frappé du sceau d'un homme de loi de la localité de Craiova. L'enveloppe est adressée à « Monsieur C. Delltan, Laroque, Région montagneuse, France ». Que Claude Deletang ait reçu la lettre relève du miracle ou de l'obstination d'un facteur singulièrement inspiré.

René en dépose lui-même un exemplaire dans la boîte aux lettres d'Ada. Il devine qu'elle en veut à la terre entière et ne lui ouvrirait pas la porte.

Claude,

Me revoilà dans le pays de la Roumanie après beaucoup de traversées. Ma femme, fils et nouveau petit-fils et je te saluent. Tu es un brave homme qui jamais a voulu savoir trop sur moi et a assuré que je suis sauf en hiver 1943. La belle France ! Ta grange a permis la cachette, tes cèpes la survie, ta parole l'espoir. J'espère que tu as des nouvelles bonnes de Dora, Surela et Louise. J'espère qu'elles sont rendues en Suisse.

Attacher une corde à la fenêtre du haut grenier était une idée riche : quand des voix grossières ont rafler la grange nous sommes descendus la corde et fui dans la neige. Je n'ai pas pu te remercier. Ce que je fais ici par l'ici-présente lettre. La broche est un cadeau de ma femme à ta femme. Les leçons de madame ont permis pour truquer des soldats et les broderies ont ouvert la rivière.

Claude, j'apprécie que toi comme moi pense qu'il y a deux saisons : l'hiver, pour se reposer près de l'âtre, et le mois d'août, pour dormir au soleil ! Cette plaisanterie prouve notre fraternité encore.

L'année de tous les pièges, tu as sauvé ma vie. Je te prie la tienne longue et belle.

Ton ami,
Yoska Luncă ("Roland")

64

Ada entend le couvercle de sa boîte aux lettres retomber. Quelques minutes plus tard, sa voisine lui crie qu'elle lui a déposé un panier de mûres dans la cour. Elle n'ouvre pas.

Elle n'en veut pas à la terre entière, seulement à elle-même.

Au bout d'une matinée à réfléchir derrière les volets clos, elle se relève, fait chauffer de l'eau pour un thé et allume son ordinateur. Son moteur de recherche propose dix-sept organismes d'aide à l'enfance.

Quatre échanges avec des assistantes sociales la démoralisent, une avocate de sa connaissance, sympathique, promet néanmoins de chercher des pistes en vue de lui obtenir le droit de revoir son petit-fils. Tout en l'écoutant, Ada esquisse un fouillis de traits impatients sur son calepin.

Elle ouvre sa porte en fin d'après-midi, mange les mûres et lit la copie de la lettre. Ce témoignage la rassure à propos de l'état de l'humanité. Que le grand-père de Graff ait été caché dans la grange de son beau-père ne l'étonne pas particulièrement, elle sait que l'Histoire dessine des cercles autour des êtres vivants, les rapprochant, les déplaçant telle une danse archaïque.

Elle retourne à l'ordinateur. Elle est prête à traverser l'Europe pour retrouver le cirque de Graff, mais son moteur de recherche ne la mène nulle part. Elle se souvient d'un coup qu'il a écrit les mots du cirque, ses mots, au dos d'un prospectus. Avec un peu de chance il y aura un numéro de téléphone.

La femme qui décroche est peu avenante et le mistral s'engouffre dans l'appareil. Ada lui dit qu'elle est une amie de Graff.

– C'est quoi, votre petit accent ?

– Anglais. Et vous ?

– Un bon mélange. OK l'Anglaise, si je le vois je lui dirai que tu le cherches.

– Et que je suis désolée.

– Et que tu es désolée.

Entre chien et loup, Ada inspecte le jardin qu'elle a délaissé depuis quelques jours. Elle s'interdit de regarder la friche à travers la haie. L'odeur de fumée empeste encore l'air.

La terre est sèche, elle arrose et élague, taille les roses fanées et les géraniums secs, attache les tiges pliées par le vent et ratisse les feuilles et les branchages au sol. Elle passe la main sur le tronc tordu du lilas et entre les clématites, grandes survivantes de l'été caniculaire. Elle décide que les asters et la sauge auront plus de chance de survie en pleine terre, allume les lanternes du jardin pour creuser cinq trous et retire doucement les plantes des jardinières. Elle dépose ses trois pots d'aromates sur le seuil de la maison voisine et laisse un mot de remerciements. Elle déplace le nichoir à l'abri du vent qui reviendra forcément un jour, cueille les dernières tomates et laisse les herbes folles s'étendre. Elle retire les têtes de lavande. Leur parfum au creux des mains, elle poste ses dernières notes sur le site de phénologie et clôture son compte. Elle sait que tous ces gestes évoquent le départ.

Autour de minuit, elle rassemble quelques vêtements dans une petite valise, place le carnet de Becca et les listes de Graff dans le coffre en frêne. Dans la chambre, la solitude est telle qu'elle attrape son *Petit Livre du Zen.* Soudain elle réalise qu'elle a oublié d'allumer la lampe de chevet et qu'elle est ni plus ni moins seule dans le noir. Elle le dit à Graff, un peu gênée par sa tendance à s'adresser aux êtres qui lui manquent à voix haute. Elle ajoute Bonne nuit, mon amour, et Reviens. Juste avant de s'endormir, elle se promet d'acheter un chapeau rouge et un manteau violet si elle réussit à aller au bout de son plan.

65

Une des six mille copies de la lettre de Yoska Luncă atterrit sur le pare-brise d'un camion transportant des jus de fruits de Crest à Aubusson. Son conducteur, de retour d'une pause dans une station-service à dix bornes de La Roque, libère le papier coincé sous l'essuie-glace, le parcourt rapidement et le pose sur le tableau de bord. Dans l'idée de le relire à tête reposée.

Quelques kilomètres plus loin, au dernier carrefour avant la nationale, il aperçoit un vieil homme sur le bas-côté, pouce levé et expression d'attendre depuis un siècle. D'habitude, le chauffeur ne prend pas d'autostoppeurs, mais la lettre lui trotte encore dans la tête et un vieillard équipé d'une attelle qui boite le long de la route, ça appelle un geste.

Les vêtements du passager sentent le feu de bois. Le chauffeur coupe la clim' et ouvre grand les vitres. Il dit qu'il a de la chance, le camion a une bonne reprise dans les côtes. Graff opine et s'excuse d'être peu bavard, il est en colère. Ça m'arrive aussi, fait l'homme, c'est jamais bon. Il allume la radio. Graff regarde la route défiler. Les volcans éteints dominent l'immensité lointaine. Au bout d'une bonne heure, les deux hommes s'accordent sur le fait que la radio déblatère un paquet d'âneries. Le chauffeur essaie de capter une station musicale, rien n'accroche, sans doute en raison du relief. Il désigne alors le papier sur le tableau de bord. Vous devriez lire ça, c'est quelque chose, cette lettre !

66

Graff attend midi pour rendre visite à Ada. Il ne veut pas traverser la friche noircie, il passe par la rue et sonne à la grille. Il porte une chemise et un jean neufs, il s'est changé et lavé dans une salle de douche sur l'autoroute avant de prendre deux bus et un taxi. Il n'est pas revenu en raison de la lettre de son grand-père. Aucun sentiment de dette n'anime son esprit. Il a seulement admis qu'Ada était son dernier grand amour et qu'il ne pouvait pas l'abandonner au milieu de ce vaste bordel.

Les volets de la maison sont clos, il craint qu'elle ne soit partie. La main lourde, il appuie à nouveau sur la sonnette. Il l'entend écarter les persiennes de sa chambre. Elle se penche, ensommeillée: *Alléluia!* dit-elle, si jolie parmi le bouillonnement des roses grimpantes.

Ils s'installent dans la cuisine. Ada tente d'exposer calmement son idée. Graff l'écoute, réfléchit et fume. Elle s'étonne qu'il ne veuille pas étudier la carte. Sa description du chemin, du portail, de la distance approximative entre la bordure de la forêt et l'enceinte lui suffit. Ils ne savent pas dans quelle chambre dormira l'enfant. On se débrouillera, conclut Graff. Il dessine un schéma sur un papier, gribouille des mots, des calculs. Il aura besoin de crochets tridents, d'une corde longue de vingt ou vingt-cinq mètres. Ada dit que son beau-frère a tout ce qu'il faut dans son garage, il fait de l'escalade. Quand elle lui avoue avoir l'impression d'être Lady Macbeth complotant dans la pénombre, Graff lui répond que ce n'est pas un complot, mais un sauvetage. Il propose de téléphoner au beau-frère, puis d'aller prendre l'air du côté de la rivière. Il veut lui parler de Becca.

Sur la rive, il lui déclare sa détermination à retrouver la jeune femme. Les Tsiganes ont la faculté de suivre la trace d'autres itinérants, même de celles qui s'égarent. Ada lui déclare qu'il n'a pas à réparer sa tragédie personnelle et qu'il est trop vieux pour parcourir ainsi le pays. Ce qu'ils s'apprêtent à faire cette nuit est déjà une folie. Vieux, ça veut pas dire mort, lui rétorque Graff. Je peux au moins essayer.

En regagnant la maison, elle découvre sur le seuil un sac rempli de matériel d'escalade, trois cordes enroulées et un mot de René la priant avec humour de ne pas se pendre.

Avant de prendre la route, ils dorment quatre heures et mangent un confit d'agneau décongelé, car Ada n'a pas fait de courses depuis trois jours et Graff n'a plus de canne à pêche.

67

– Il a été sympa, il m'a offert le deuxième ! Je t'ai mis trois sucres.

Becca accepte la tasse et retire le couvercle en plastique pour sentir la vapeur contre ses yeux. Nadia se perche sur une borne d'amarrage, ses doigts maigres autour du café, les yeux tournés vers l'embarcadère.

– On devrait le prendre le ferry.

– Pour quoi faire ?

– Comme ça. 'Ça se trouve, les gens ils sont plus sympas là-bas. Sûr qu'on peut monter sans payer.

– Y a personne sur cette île.

– On aura qu'à pas descendre.

Elles se collent à un groupe scolaire pour passer le guichet, puis s'assoient dans la cabine surchauffée qui transpire l'humidité et les produits détergents. Deux, trois touristes. Des enfants. Une vieille qui les fixe en agrippant son sac à main. Nadia s'endort d'un coup, alanguie par la chaleur et le roulis. Une télévision accrochée au bout de la cabine crache des sonorités aiguës, une rediffusion des *Zinzins de l'espace*. Becca colle son visage contre la vitre opaque et rayée. Le ciel n'est que nuages. La Rochelle s'éloigne. Le chahut des collégiens entre les sièges.

– On va dehors ?
– Fera froid…

Elles s'accroupissent sur le pont, dos à la cabine, capuches montées contre le vent et le crachin.
– Ça posait pas de problème, tes dreads, à la secte ?
– C'était pas une secte.
– Ça posait pas de problème ?
– J'étais la favorite, dit Becca, rien que pour tester les mots et les voir emportés par le vent.
Nadia ferme les yeux contre la houle.
– Kaï, le maître, enfin le type qui a fondé la communauté, disait que l'apparence n'a aucune importance, on était une famille et une famille ne juge pas les siens, on peut se balader à poil ou en combinaison de ski, on peut être chauve ou porter des couettes, ce qui compte, c'est qui on est à l'intérieur.
– Classe.
– On avait une tenue si on voulait, c'était plus facile, ça salissait moins. En dehors du domaine, les femmes portaient un tablier et un foulard, Kaï a instauré ça pour nous protéger. Il disait que nos hanches et nos têtes n'appartenaient qu'à Dieu.
– C'est trop beau !
– T'excite pas. Dieu, c'était lui.
– Ça veut dire quoi ?
– Qu'il pouvait enfoncer sa bite dans le moindre petit trou qu'il voulait.
Ça fait du bien d'être grossière, d'accoler les mots bite, trou, petit à la préciosité de Kaï.
– Dégueu. Et si y vous mettait enceintes ?
– C'était le but. Le problème, c'est que la plupart, elles étaient soit ménopausées, soit tellement flinguées qu'elles

pouvaient plus avoir d'enfant. Ou, je sais pas, peut-être qu'elles se faisaient avorter en douce.

– Tu l'as fait, toi ?

Le ferry avance inexorablement en direction d'un relief plat et sombre qui évoque un champ de lave. Becca distingue des points jaunes à la hauteur de l'embarcadère, des pêcheurs ou des touristes pressés de retourner à la ville.

– Mon premier, je l'ai gardé. C'était pas son fils. Il vit avec sa grand-mère maintenant.

Nadia hoche la tête avec sagesse et essuie les gouttes de pluie qui ruissellent de sa capuche.

– À un moment, j'irai les retrouver.

Elle tire une cigarette de son paquet tout en gardant les yeux sur l'île. La tension et la colère ont quitté son visage.

– On pourrait visiter quand même, ça a l'air beau là-bas.

– J'peux pas, j'ai réunion avec mon banquier, faut que j'ouvre un compte à Monaco !

Elles éclatent de rire. L'abritant d'une main, Nadia allume sa cigarette, réjouie de sa blague, fière d'avoir déridé sa nouvelle amie.

Un couple de trentenaires jaillit de la cabine et se presse contre le bastingage. Dans les bras de la femme, un chiot noir qui se tortille, aboie, hume le vent mouillé.

– On devrait s'en trouver un, les gens ils donnent plus avec un animal, dit Nadia.

– On n'est pas des punks à chien.

– On est quoi, alors ?

– Des passagères de la pluie.

68

Ils garent la voiture sur un chemin de bûcheron et traversent la pineraie à pied, se faufilant entre les troncs gigantesques que la lune rend argentés. Graff ne dit pas un mot, se contentant de marcher devant Ada, les trois cordes enroulées autour de son épaule, ses pas sur la mousse silencieux et résolus malgré sa jambe chancelante. Ada s'entend penser qu'elle est inconsciente d'avoir mis pareille chose en branle – inconsciente, arrogante, désespérée. Entre ses lèvres, soudain, un autre mot se forme : libre.

Ils sont libres et leurs souffles s'accordent.

Au bout d'une quinzaine de minutes, ils sortent de la forêt et distinguent l'enceinte de Malerne à quelques mètres. La disposition du lieu correspond à la description d'Ada. La longueur des cordes est suffisante, le funambule doit seulement calmer ses mains.

Il lui dit de rester sous les arbres. Il aurait préféré qu'elle attende dans la voiture, elle a refusé. Il caresse le mur, mémorisant les pierres anguleuses, les fissures, les anfractuosités.

Le toit et le dernier étage sont visibles derrière l'enceinte. Cinq fenêtres plongées dans le noir. Il est quatre heures du matin, même les chiens dorment. Graff imite le hululement de la chouette, suivi du sifflement du corbeau, et la vie sylvestre se fige, alarmée par l'étrangeté des sons. Hululement, sifflement, hululement, sifflement… Ada capte enfin le mouvement d'un volet et la silhouette d'un enfant apparaît. Elle quitte l'obscurité des troncs et lève le bras. Elle ne sait pas s'il la voit. Il reste dans l'encadrement de la fenêtre.

Graff déroule la corde rivée au crochet et la lance plusieurs fois en haut du mur, jusqu'à ce que le trident se prenne entre les pierres. Ses pieds contre le mur, son corps s'arque vers l'arrière pour tester la solidité. Satisfait, il laisse traîner la ligne au sol et retire ses attelles, enroule une deuxième corde autour de son épaule et se plaque contre la brique et la pierre. Il teste du pied un angle pointu avant de s'y hisser, le bras étiré pour accrocher une fissure et se hisser à nouveau. Il escalade lentement, collé à la paroi, s'aidant de la corde, ne pliant jamais les bras, ne courbant jamais le dos. À quelques centimètres du sommet du mur, il libère son pied et enjambe l'air. Debout sur la crête, il marque un temps pour considérer la nuit. Ada se retient d'applaudir.

La dernière marche du funambule ressemble à un jeu d'enfant. À l'instant où son corps le décide, le vieil homme écarte les bras et s'élance. Ada n'est pas dupe, elle perçoit sa respiration hachée et l'effort de ses mains pour dompter le déséquilibre. Elle sent l'éraillement de ses muscles lorsqu'il fléchit les jambes et la concentration de son regard pour avaler la pierre. Elle voit aussi qu'il ne boite plus.

Silhouette découpée contre le ciel, il avance une dizaine de mètres. À l'encoignure, il s'arrête et étudie un toit en contrebas. Une remise ou une grange. Un chien aboie, suivi d'un chœur de jappements distraits. Au dernier étage, le garçon recule imperceptiblement. Un second crochet fiché entre les pierres, Graff lance la corde de l'autre côté du mur et disparaît de la vue d'Ada.

Elle se figure la suite : sa traversée sur l'herbe, sur les graviers, une porte d'entrée ou une fenêtre du rez-de-chaussée. Il a dit qu'il trouverait l'accès le plus discret, qu'aucune ouverture ne lui a jamais résisté, il en fera son affaire avec un couteau ou un tournevis. Elle l'imagine repérer les lieux, longer un couloir, gravir l'escalier, les grincements du parquet, la densité de la pierre, la pause qu'il prend devant la porte de la chambre.

L'enfant s'écarte de la fenêtre. Elle retient sa respiration, comme si cela pouvait assurer le silence de Dom et le sommeil des dormeurs. Un chien jappe à nouveau, une question sans réponse. Ada négocie, argumente, se jure qu'ils reviennent déjà, se persuade qu'elle entend leurs pas dans l'herbe derrière l'enceinte. Un corps chaud et soyeux frôle soudain sa cheville. Un instant elle a peur, puis elle reconnaît la chienne.

– *Good girl! Beautiful dog!* pour se rassurer.

L'attente les soude, leurs yeux rivés au mur. Sonja ne tient pas en place, s'allonge, se lève, haletante. Elle se plaque enfin au sol : les mains de Graff réapparaissent à l'encoignure du mur. Ada recule de sorte à mieux le voir, mieux les accueillir.

Le vieil homme s'installe à califourchon sur le mur et se tord pour soulever l'enfant qu'il assoit à côté de lui. Il ramène la corde et l'enroule autour de son épaule, ces gestes-là ont accompagné sa vie. Elle le voit se mettre debout, un pied sur le mur, l'autre dans le vide. Il sautille, titube, change de pied et de direction. Il s'amuse. Dom se déplie d'un seul mouvement et devant lui avance, léger, les paumes ouvertes comme pour soupeser le vide. Tandis qu'ils viennent vers elle, le haut du mur gris disparaît dans le bleu de la nuit. Les deux funambules courent sur l'air.

Ils roulent jusqu'à un endroit qu'Ada connaît, la route bifurque ensuite dans plusieurs directions. Ils prendront vers l'ouest, Graff vers le nord. En sortant de la voiture, elle dit qu'il y a une chanson comme ça, une chanson traditionnelle, *You take the high road and I'll take the low road…*

– Qu'est-ce que ça veut dire ?

– « Prends la route du haut et moi celle du bas, on se retrouvera tous les deux en Écosse. »

Graff lève un sourcil.

– Sauf que toi, tu vas au Pays de Galles.

Il tire une bouffée de tabac et jette sa cigarette. La nuit finissante est chaude et agréable, on dirait les prémices de l'été. Il se penche pour toucher la tête de l'enfant endormi avec la chienne à l'arrière de la voiture. Il embrasse Ada et lui dit qu'il n'aime pas la voir pleurer.

– Tu m'écriras d'autres lettres ?

– Ce serait plus simple si tu possédais un téléphone.

– Non, répond-il en souriant.

Pour le retenir, elle demande encore où il va aller et comment il va s'y prendre. Elle lui dit de faire attention. Exalté par sa traversée du vide et la libération de l'enfant, Graff crâne un peu.

– Ada, pour toi je chevaucherais la bête à sept têtes. Mais je te jure de ne pas faire n'importe quoi.

À l'instant où elle redémarre le moteur, il déclare qu'il va tatouer son prénom sur sa peau.

– Ici !

Il frappe le centre de sa poitrine, enjoué et sérieux.

– C'est ringard, rit Ada, *but I'll take it as a compliment.*

Anglesey, le 8 novembre

Nous sommes allés à Ashriver. La ville est transformée, des lotissements remplacent les terrains vagues, un jardin d'enfants et un skatepark longent la rue où j'ai grandi. De la mine, il ne reste qu'une structure rouillée et un crassier rétréci par le temps, recouvert d'herbes. La rivière est égale à elle-même, sombre et mouvante. Sur la tombe de Jude, nous avons déposé des marguerites, sur celle de Bella, des violettes et des roses.

Au café, une femme m'a dit que c'était agréable de voir d'aussi jolies couleurs par cette météo. J'ai dû expliquer à Dom qu'elle faisait référence à mon bonnet violet et à mon manteau rouge.

Si Becca vient un jour, si tu la retrouves, si elle souhaite nous rejoindre, je lui raconterai tout.

Sur la route du retour, les aurores boréales ont brièvement réveillé le ciel nocturne. J'ai stoppé la voiture pour contempler la volée imprévisible de lumières, on aurait dit une succession de torrents verts et bleus. Nous ne sentions ni le froid ni le vent, seulement l'émerveillement. Cela a duré quelques minutes. « Tu as entendu, Ada ? » répétait Dom en regagnant la voiture, « Tu as entendu ! ». Il semblerait que mon petit-fils sache entendre la lumière.

Te dire aussi :

L'origine latine de funambule signifie se promener (ambulare) *sur une corde* (funis)*. Le mot fil provient de* filum, *dont le sens* *serait contour ou linéament. Un linéament est un accident de l'écorce terrestre, une ligne de faille millénaire. Le filambule serait donc celui qui arpente une ligne de faille ou… le sommet d'un mur.*

Filambule, voilà le nom qui te définit. Le mien aurait pu être escapologiste. Nos détours menaient pourtant au même point.

Mon amour,
là où la lumière monte de la mer, je t'attends.
Là où l'horizon est immense.

Ada

Ada

Sources et remerciements

Certains événements cités dans ce livre se sont réellement déroulés, d'autres ont été inspirés par le réel. Le drame d'Aberfan fut l'un des pires accidents miniers de l'Histoire ; Ashriver et ses terrils n'existent pas. Durant la Seconde Guerre mondiale, il y eut plus de vingt-cinq camps d'internement de Rroms en France. Plusieurs milliers de Rroms ont péri dans les camps de concentration roumains. La politique d'assimilation des Tsiganes sous le régime communiste a souvent aggravé la haine de leur culture et la difficulté de vivre en nomade dans les pays du Bloc de l'Est. Les itinéraires des personnages de ce livre sont néanmoins imaginaires. Les Simples sont une pure fiction, fondée sur plusieurs sectes et communautés religieuses en France. La Roque est un lieu inventé, quelque part dans le Massif Central. Où furent réellement cachés des Juifs et des Tsiganes pendant l'Occupation nazie. Et où, de mai à septembre, une octogénaire malicieuse se baigne quotidiennement dans la rivière. Anglesey est une île au large du Pays de Galles. On y voit parfois des aurores boréales.

De nombreux ouvrages m'ont permis d'élaborer ce récit. Pour n'en citer que quelques-uns : *Quartiers tsiganes* par Samuel Delepine (L'Harmattan) ; *Tsiganes* par Jan Yoors (Phébus, coll. « Libretto ») ; « The Deportation of Gypsies from Romania to Transnitria 1942-1944 » par Michelle Kelso, in D. Kenrick, *The Gypsies during the Second World War: In the Shadow of the Swastika* (University of Hertforshire) *Aberfan, Government and Disasters* par Ian McLean & Martin Johnes (Welsh Academic Press) ; *Dérives thérapeutiques et dérives sectaires : la santé en danger* par Jacques Mézard (Auditions) ; *Dictionnaire illustré des mots et locutions du Cirque* par Dominique Denis (Art des deux mondes) ; *L'Encyclopédie des Arts du Cirque* (site BNF/CNAC) et les outils phénologiques de *L'Observatoire des Saisons.* Les photographies de Hans Silvester et de Josef Koudelka m'ont accompagnée.

J'ai emprunté à William Shakespeare les phrases : « Le passé est un prologue » (*La Tempête*) et « Demain et demain et demain… » (*Macbeth*) ; les mots sur la pancarte de Becca, p. 111, sont de Victor Hugo. Hemingway aurait dit : « La civilisation est née avec la distillation », p. 38. Le poète dont il est question p. 241 est Leonard Cohen.

Je remercie chaleureusement :

L'équipe merveilleuse des éditions Liana Levi, tout particulièrement Sandrine Palussière, qui prend soin des histoires comme Ada des arbres, et Liana Levi, dont l'exigence est un cadeau.

Aurore Tirard (rromani), Florentina Postaru (roumain), Ines Kokou (mina) et Annah Vincent (espagnol), pour leurs traductions et précieux conseils.

Laurent Barboux, directeur de L'Envolée cirque, Agathe Omnes, graphiste, Sara Jakubowicz, artiste, et Vincent Piponnier, musicien, ont généreusement partagé leurs connaissances et réflexions. Le Lieu de mémoire du Chambon-sur-Lignon m'a donné accès à ses archives en m'offrant du temps et des réponses. Aurillac m'a offert la mémoire de ses paysages.

Nicole Albinet, Mabi Anzalone, Jean-Noël Amboutin, Isabelle Argouarch, Sandrine Elichalt, Emmanuel Délis, Silvia Feital, Marie-José Hadifé, Georgio Hein, Isabelle et Stéphane Reynaud. Votre amitié est inestimable.

Mes frères, Philippe et Jonathan Héricourt, nomades des mers, des montagnes et des mines.

Last but not least : Jenny Greig, Wendy Héricourt, Dorrie et Lucy Ada Jones, *who taught me that wise and wicked can be wonderful.*

CET OUVRAGE A ÉTÉ ACHEVÉ D'IMPRIMER
SUR ROTO-PAGE
PAR L'IMPRIMERIE FLOCH À MAYENNE
EN AOÛT 2022

N° d'édition : 583. N° d'impression : 100771
Dépôt légal : août 2022
Imprimé en France